Andrea Maggi

Storia di amore e di rabbia

GIUNTI

www.giunti.it

Via Bolognese 165 – 50139 Firenze – Italia
Via G. B. Pirelli 30 – 20124 Milano – Italia
Prima edizione: maggio 2022

Literary editor: Manuela La Ferla
Realizzazione editoriale: Netphilo Publishing, Milano

FSC
www.fsc.org
MISTO
Carta da fonti gestite in maniera responsabile
FSC® C115118

Stampato presso Elcograf S.p.A., stabilimento di Cles

«Riempi la tua ciotola di vino, prima che si empia lei di terra.»

Nâzim Hikmet, *Quadretti alla mia Pîrâye*

Il signor Omar Gaye, anni quarantasette, è alto uno e novanta per cento chili. Ha mani e piedi grandi e se te lo trovi davanti, con quegli occhi e quella voce, ti mette parecchio in soggezione. Diciotto anni fa è emigrato dal Senegal con sua moglie incinta e si è stabilito a Portononcello, una cittadina del Friuli-Venezia Giulia di cinquantamila anime a un tiro di schioppo dal Veneto.

Tutti i giorni si sveglia all'alba e lavora dalla mattina alla sera, ma cascasse il mondo il venerdì va a pregare fuori città, in una vecchia fabbrica dismessa e riconvertita a moschea. Non beve, non fuma e non frequenta le sale scommesse. Da giovane era un campione di Laamb, la lotta tradizionale senegalese molto simile al sumo giapponese. Pensa, parla e sogna in wolof, la lingua dell'etnia a cui appartiene. Parla piuttosto bene l'italiano, con un'inflessione molto marcata. Mangia per lo più cibo senegalese e nel market etnico sotto casa compra il ditakh, il frutto del Senegal di cui è ghiotto. Nel tempo libero guarda i video degli incontri di Laamb su YouTube.

Suo figlio Cheikh Ibra, per gli amici soltanto Ibra, è nato a Portononcello, ha diciassette anni e parla l'italiano con una cadenza veneto-friulana. Gli piacciono il kebab e i libri. Se un libro lo prende, è capace di leggerselo in una notte. Ai mondiali tifa per la nazionale italiana, e da quest'anno gioca nella squadra di calcio del suo quartiere.

I portononcellesi più moderati definiscono quel quartiere con un eufemismo: «difficile». C'è la zona dei senegalesi, quella dei pakistani, dei bengalesi, degli albanesi e così via. Durante il giorno non è che succeda granché. Di notte invece non sai mai cosa può capitarti, per cui è meglio se te ne stai tranquillo a casetta tua.

Ibra aveva sette anni quando sua madre se l'è portata via il Creatore. Per il signor Omar non è stato facile. Per mantenere suo figlio, negli anni, ha fatto questo e quello. Adesso si guadagna il pane distribuendo volantini pubblicitari.

Il suo furgoncino, un Volkswagen del Mesozoico, è parcheggiato sulla strada. Dentro ci sono due bici scassate e sette quintali di volantini che non vedono l'ora di finire nelle cassette delle lettere di tutti i portononcellesi. Intorno, i muri dei palazzi sono imbrattati di scritte con lo spray, per lo più messaggi intimidatori delle gang rivali.

«Non toccare i fratelli o sarà vendetta.»

«Qui non sei il benvenuto. L'asfalto berrà il tuo sangue.»

Il signor Omar sale sul furgoncino, mette in moto e parte a razzo, se così si può dire. Svolta in una piazzetta, gira attorno alla statua di Chissachì e inchioda. Proprio ai piedi del monumento ha intravisto Souleymane, suo nipote ventiduenne, in compagnia della cosiddetta "gang africana". Anni fa il padre di Souleymane, il fratello del signor Omar, è partito per la Francia in cerca di prospettive migliori per la sua famiglia, ma poi le prospettive migliori deve essersele tenute per sé, dato che non si è fatto più vivo.

Souleymane riconosce lo zio, si sgancia dai compagni, si avvicina al finestrino aperto, mette il muso nell'abitacolo e viene investito da una zaffata di benzina e sudore.

«Salam aleikum.»

«Aleikum salam.»

«Vieni con me, oggi ho molto lavoro.»

«Non posso, ho da fare» risponde Souleymane.

«Tu e quei ragazzi non mi sembrate molto impegnati.»

«Invece lo siamo.»

«Vi hanno assunti per tener lontani gli uccelli?» ribatte lo zio, indicando la statua ricoperta da un mantello di cacche di piccione.

«Fatti gli affari tuoi, va bene?»

«Dovresti trovarti un lavoro onesto» taglia corto lo zio con un'aria cupa.

«Non dirmi quello che devo fare. Non sei mio padre.»

Prima che gli venga la tentazione di scendere dal furgoncino per prendere a sberle suo nipote, il signor Omar ingrana la prima, che gratta come una fresa. Fa per andarsene, ma Souleymane ha ancora qualcosa da dirgli.

«Ci vai a vedere la partita di Ibra?»

«Non ho tempo.»

«Dicono che sia bravissimo.»

«Dovrebbe andare in moschea, invece di inseguire un pallone in un prato come un cane.»

«Se fosse un lottatore di Laamb parleresti così?»

Il signor Omar non gli risponde. Il suo furgoncino scatta in avanti e sparisce in una nube nera di smog, come il polpo nel suo inchiostro.

Ibra, uno e ottantacinque per ottantacinque chili di muscoli, capelli corti, lineamenti armoniosi, sguardo vispo e intelligente, in campo si muove come un leone nella savana. È entrato in squadra soltanto quest'anno, ma è lui a fare la differenza in ogni partita.

Dodicesimo minuto del primo tempo, un compagno gli passa il pallone, ma il difensore avversario entra in scivolata e devia in fallo laterale. Quel tipo non lo ha mollato un secondo dall'inizio della partita.

Il Mister dell'altra squadra, capelli sale e pepe, sopracciglia foltissime e occhi chiari, sbraita come un pirata all'arrembaggio. Il difensore incollato a Ibra ha una faccia da sberle più unica che rara. Pelle bianco latte, capelli rossi e ricci, viso mitragliato di lentiggini e due labbra affilate che sparano frasi taglienti come rasoi.

«Come sta tua sorella? Sai che me la sono fatta ieri sera?»

E Ibra zitto. Neanche ce l'ha una sorella. Gli risuonano ancora in testa le parole che il suo Mister gli ha rivolto in spogliatoio prima dell'inizio della partita. Ibra seduto sulla panca, i gomiti puntati sulle ginocchia, la testa sorretta dai pugni. Il Mister, pelata lucida di sudore, baffi folti, sigaretta serrata tra i denti, gli ha sbraitato in faccia: «Non lasciarti provocare o va tutto in malora. Conosco l'arbitro, ha il cartellino facile. Occhio a quello che fai o ti manda a fare la doccia prima del tempo».

«Va bene, ho capito.»

«Ibra, non guardarti le scarpe, guardami negli occhi. Se restiamo in dieci, questi ci fanno il culo a strisce.»

Il Mister ha detto proprio così: il culo a strisce. Ibra ha fissato quei suoi occhi piccoli e liquidi e ha fatto di sì con la testa.

La palla finisce agli avversari che avanzano al galoppo, ma un difensore riesce a intercettare un passaggio e fa partire il contropiede mentre la squadra avversaria è tutta sbilanciata in avanti. Lancia un buon pallone che sorvola il centrocampo. Ibra parte a razzo e corre come il vento. Con lo sguardo insegue la palla che vola verso la tre quarti avversaria. Il rosso lo incalza e a un metro da Ibra salta più in alto che può, cerca di respingere di testa, ma il pallone gli carezza la zazzera. Gli spalti esplodono in un boato. Ibra capisce che è l'occasione buona. Scatta verso la porta avversaria con quella sensazione indescrivibile, un misto di euforia e di eccitazione. Nelle orecchie riverberano le urla indemoniate dei tifosi e il grido di terrore del Mister avversario.

«Vai! Vai!» grida il Mister di Ibra con la pelata tutta rossa e le scarpe in finta pelle sopra la linea di bordo campo. Ibra è quasi sulla mezzaluna dell'area di rigore.

«Tira! Vacca boia, tira!»

Al grido preistorico del Mister si alzano in piedi anche i panchinari. È un coro di bestemmie di incitamento. Ma sembra che Ibra voglia rimandare in eterno questo benedetto tiro. Raggiunge il limite dell'area di rigore. Il portiere, ultimo difensore del bastione, tenta un'uscita kamikaze. Ibra lo scorge avanzare e arresta di colpo la corsa. Da dietro ne approfitta il rosso che, preso dalla foga, lo raggiunge e in scivolata gli falcia tutte e due le gambe. Le grida dei tifosi a momenti fanno venir giù le tribune.

«Rigore!» invoca il Mister baffone. Prende le pastiglie per il cuore, quindi non dovrebbe agitarsi così tanto.

L'arbitro arriva sul luogo del delitto fischiando come una nave da crociera. Tutti attendono la sentenza.

«Rigore! Rigore!» grida il Mister.

«Macché rigore!» gli fa eco il collega dalle ciglia folte mentre sventola le mani a mulinello. «Era al limite dell'area!»

Le due tifoserie fanno un baccano del diavolo, guelfi e ghibellini, pro e contro il rigore.

L'arbitro zompetta fino alla mezzaluna e pronuncia la sentenza: «Calcio di punizione dal limite».

Ibra è ancora a terra e si contorce.

Accanto al Mister c'è Marco, il migliore amico di Ibra, longilineo, pelle chiara, capelli neri, ricci e folti, peluria poco curata sotto un naso affusolato, fisico da basket più che da calcio, occhi furbi, sguardo sbarazzino. È un eterno panchinaro, dato che a calcio è una pippa clamorosa.

«Che diavolo ha Ibra? Si è fatto male? Perché non si rialza? Mando dentro la barella?» chiede il Mister preoccupato.

«Ma no. Non si è fatto niente» lo rassicura Marco.

«E tu che ne sai? Hai una laurea in medicina?»

«Stia a vedere.»

Difatti Ibra si alza in piedi.

«Visto?» chiede Marco.

L'arbitro espelle il difensore. Dagli spalti piovono insulti. Prima che il rosso vada a farsi la doccia, Ibra si toglie la soddisfazione di fargli il dito medio di nascosto dal direttore di gara.

Passata la concitazione, la squadra avversaria si prepara alla difesa estrema. Il portiere chiede una barriera di otto uomini. Praticamente una muraglia cinese.

Ibra se ne sta lì tranquillo dietro al pallone e attende il fischio dell'arbitro. Schierino pure dieci, cento, mille uomini. Chi se ne frega di quanti ne metti in barriera, io segnerò comunque, sembra dire con gli occhi.

«Come cavolo fa a fare goal da lì? Non vede nemmeno la porta!»

«Scommettiamo, Mister?»

«Va bene. Cento euro che non segna.»

«Perché non trecento?»

«Orca l'oca!»

«Che c'è? Ha paura di perdere?»

«Bamboccio! Occhio che se perdi non te la faccio passare in cavalleria solo perché al posto dei baffi hai quella peluria da portoricano.»

«Tranquillo, Mister. Se perdo, pago.»

«Trecento, andata.»

Tutto è pronto. Ibra è concentratissimo. Ha la calza destra abbassata e si china per sistemarla. Le sue dita sfiorano una cicatrice che gli corre come un anello intorno alla caviglia. Sistema la calza e si rimette in piedi. L'arbitro fischia. Ibra indietreggia di tre passi, si volta verso la panchina e cerca lo sguardo dell'amico. Marco gli fa un cenno con il capo. Solo allora Ibra prende la rincorsa e calcia. Il pallone prende una traiettoria a effetto e sulle prime sembra che vada fuori, ma poi rientra. Solo all'ultimo istante il portiere lo vede saettare all'incrocio dei pali.

«Goal!»

Il pubblico esplode in un'ovazione. Ibra esulta, Marco e il Mister baffone esultano, ma subito quest'ultimo si ricorda della scommessa e tira una bestemmia di quelle solenni.

«Pagare!» sghignazza Marco, battendogli una mano sulla spalla.

Sera.

Ibra sale sul tetto del suo condominio. Marco è già lì, cappuccio tirato sui riccioli neri, felpona che copre il busto longilineo e gomiti sul cornicione. Quella di incontrarsi lassù è un'abitudine che hanno da quando si conoscono. Marco è uno dei pochi esseri umani su questo pianeta che Ibra sente di poter chiamare amico. Il tetto scrostato è un piccolo angolo di mondo non certo bellissimo, ma è pur sempre il migliore di tutti perché è il loro posto. Lassù Ibra e Marco si raccontano tutto, ridono e si distraggono un po'. Marco sta fumando. Ibra indossa i soliti jeans e il giubbotto blu scuro. Gli si affianca e contempla i palazzoni delle case popolari color rosso scuro.

«Sigaretta?» chiede Marco.

Ibra scuote la testa.

«A casa di mia madre non posso fare praticamente niente» dice Marco e fa una pausa. Aspira una boccata di fumo ed espira lentamente. «Se un giorno scopro che non è un'infermiera ma il capo della CIA, non mi stupisco più di tanto. Cosa vuoi che ti dica? Sembra che mi legga nel pensiero. Mio padre invece non si accorge di niente. Posso anche fumargli in faccia. Pensa solo ad ascoltare la sua musica schifosa e a sbronzarsi. Voleva fare la rockstar, ma faceva pena. Adesso è senza lavoro e non fa che bere. I grandi sono un branco di imbecilli.»

«A proposito di imbecilli, il Mister ha pagato?»

Marco gli consegna un mazzetto di banconote.

«Ecco la tua parte. Stavolta pensavo che non ci saresti riuscito.»

«Osi dubitare di me?» chiede Ibra intascando i soldi.

Marco getta il mozzicone a terra, in mezzo a un cimitero di sigarette spente.

«Certo che è pazzesco...»

«Cosa?»

«Noi due ci conosciamo da una vita, ma non avevo idea che a calcio fossi così bravo. Avevi mai giocato prima?»

«Una volta, quando vivevo in Senegal. Ma poi ho smesso» dice Ibra di malavoglia.

«Ehi, tutto bene?» chiede Marco, notando il suo improvviso cambiamento di umore.

Ibra appoggia le mani sul cornicione e le serra a pugno.

«Ti è capitato qualcosa di brutto?»

«Non mi va di parlarne. Ma non ho ricominciato a giocare a calcio volentieri, se è questo che vuoi sapere. Lo faccio solo per tirare su un po' di soldi. E il Mister è un ottimo pollo da spennare. Io mi faccio atterrare apposta al limite dell'area, tu scommetti con lui, io segno, lui perde e noi intaschiamo. Funziona ormai da otto partite e finché quello stupido ci casca, andiamo avanti.»

«Frena, frena. Otto punizioni da manuale come non le tirano neanche in serie A... e non giochi volentieri? Tu sei nato per il calcio!»

«Senti, lasciamo stare» ribatte Ibra seccato.

«Va bene, basta che non ti arrabbi.»

Ibra si volta verso i casermoni con un'aria cupa.

«Lo sai cosa mi ha detto il Mister?» gli chiede Marco, cercando di allentare la tensione.

«No, cosa?»

«Che ho i baffi da portoricano.»

«Be', ha ragione» commenta Ibra sghignazzando.

«Allora sei stronzo come lui» ribatte Marco divertito.

Quando la madre di Ibra morì, la scuola organizzò una commemorazione laica. Vi parteciparono tutti i compagni di classe, le loro famiglie e un sacco di altra gente. Il Comitato Genitori aveva pensato anche alla raccolta fondi per il rimpatrio della salma in Senegal e per la sepoltura in un cimitero islamico. La commemorazione si era tenuta nella piazza del quartiere, c'erano il sindaco con la fascia tricolore e la dirigente scolastica tutta in tiro. E Ibra neanche ci voleva andare. In quel momento così brutto desiderava solo la compagnia di Marco, ma i suoi genitori si erano appena separati e il suo migliore amico si era trasferito con la madre da un'altra parte della città. Allora Ibra portava i capelli un po' lunghi che gli facevano una testa enorme. Suo padre gli fece indossare un bel vestito.

Nei giorni seguenti alla commemorazione Ibra diventò sempre più intrattabile. Faceva un sacco di storie perché non voleva più andare a scuola. Suo padre non se la passava affatto bene. Poco dopo la morte della moglie aveva perso il lavoro e per tirare avanti passava da un impiego mal pagato a un altro pagato ancora peggio.

Al termine dell'anno scolastico Francesco, un compagno di classe di Ibra, gli mandò un messaggio su Whatsapp:

Vuoi venire alla mia festa di compleanno?

Ibra si era sentito in imbarazzo. La famiglia di Francesco era ricca. Il messaggio diceva anche:

Porta il costume da bagno.

Ibra aveva fatto mille storie con suo padre.

«Non ci voglio andare!»

«Ti farà bene. Ti distrarrai un po'.»

«A Francesco non importa niente di me. A nessuno importa niente di me.»

«Se fosse così, non ti avrebbe invitato.»

«Io non ci vado e basta.»

Invece suo padre a quella benedetta festa ce lo aveva portato, ma Ibra si era rifiutato categoricamente di indossare il costume da bagno.

Era appena iniziata l'estate e la festa era stata organizzata nel parco della villa di Francesco. C'erano scivoli e castelli gonfiabili. Tantissimi bambini euforici scorrazzavano, saltavano e gridavano come matti. C'erano anche un clown, un prestigiatore e il teatrino delle marionette. Una festa di paese avrebbe avuto meno attrattive. Un disc jockey piuttosto famoso metteva musica a tutto volume. Tutt'intorno alla piscina era allestito un ricco catering. Il branco indiavolato di bambini si riempiva la bocca di cibo e si gettava in piscina a ciclo continuo.

La madre di Francesco aveva ricevuto Ibra e suo padre con il suo fisico plasmato dal pilates e fasciato in un pareo di Valentino.

«Grazie per essere venuti. Signor Gaye, si ferma anche lei per una fetta di torta?»

Il padre di Ibra aveva rifiutato con un gesto della mano.

«Non si preoccupi, lo accompagniamo a casa noi.»

Il signor Omar se ne andò e Ibra rimase solo come un cane sul bordo della piscina. Circondato da un esercito di bambini allegri in costume da bagno si sentiva un deficiente, con il suo muso lungo e la camicia quadrettata come una tovaglia.

«Coraggio, va' a divertirti con gli altri» gli disse la madre di Francesco.

Ibra non le rispose. La donna chiamò suo figlio. Francesco lasciò i suoi compagni e la raggiunse di corsa.

«Perché non gli presti uno dei tuoi boxer? Così può venire a fare il bagno con voi?»

«No, non mi va» disse Ibra scuotendo il capo.

«Su, non fare il guastafeste. Vieni con me...»

Francesco lo aveva preso bonariamente per un braccio e Ibra si era liberato dalla presa con uno strattone deciso.

«Ho detto che non mi va!»

Ibra indietreggiò, perse l'equilibrio e cadde in piscina. Riemerse, annaspò, cercò disperatamente il bordo con le dita tese, ma era caduto troppo distante.

«Santo cielo, non sa nuotare!» gridò la madre di Francesco con le mani nei capelli.

Ibra tentò di tenere la testa fuori dall'acqua, ma il suo corpo affondava come fosse di piombo. Sentiva i polmoni bruciargli per il debito di ossigeno. Una tetra disperazione s'impossessò di lui. Con il terrore nel cuore pensò che fosse giunta la sua ora, ma proprio quando aveva smesso di lottare contro la forza di gravità due braccia forti lo afferrarono, lo fecero riemergere, lo trascinarono fuori dall'acqua e lo adagiarono sul bordo della piscina. La musica s'interruppe. Attorno a Ibra in semicerchio giunsero tutti gli invitati, la madre di Francesco, il clown, il prestigiatore, quello del teatrino delle marionette e il disc jockey famoso. Tutti lo fissavano concitati. Ibra, semi sdraiato a terra, gli abiti fradici, ci mise un po' per capire che era ancora vivo.

Il bagnino si passò una mano sulla pelata e fece un fischio di sollievo: «Salvo per un pelo, ragazzino! Ma perché diavolo ti sei tuffato se non sai nuotare?».

Ibra si sentì a disagio. Gli venne una gran voglia di piangere, non tanto per la brutta figura e nemmeno per i vestiti bagnati. Di colpo, come un pugno dritto in faccia, gli tornò in mente quanto gli mancasse sua madre. Chiamò a raccolta tutte le sue forze, scattò in piedi e scappò via più veloce che poté. Fradicio com'era, le lacrime sulle guance gli si confondevano con l'acqua. Suo padre lo vide entrare in casa e capì subito che più di qualcosa era andato storto. Così gli comunicò la sua decisione.

«Ti porterò in Senegal.»

«Vivremo lì?»

«Tu resterai con tuo nonno. Io tornerò in Italia.»

«Perché?»

«Qui non vuoi andare a scuola e nemmeno stare con gli altri bambini. Meglio se cambi aria. Imparerai l'arabo, studierai il Corano e le tradizioni del tuo popolo, quello wolof. Io resterò qui a lavorare.»

«Ma io sono nato in Italia. Il mio posto è qui. Il Senegal è il tuo posto.»

«Ormai ho deciso. Partiremo tra due settimane.»

Ibra pensò che era tutto sbagliato.

«Non voglio andare via.»

«Decidi cosa vuoi portare con te» disse il signor Omar con tono risoluto, come se Ibra non avesse neanche aperto bocca.

Istituto Professionale Ettore Majorana, classe terza G.

La prof di italiano è una donna sui cinquanta andanti con brio. Si chiama Rossi Tiziana, occhiali grossi, capelli crespi come i cespugli della macchia mediterranea. È una tosta, anzi, la più tosta della scuola. È un po' bassa di statura e non si fa mettere i piedi in testa da nessuno. Se non fosse per l'alito da caffettiera, sarebbe l'insegnante perfetta. Ha appena terminato la lettura a voce alta di un racconto di Italo Calvino. In una città di nome Leonia ogni giorno si ricompra tutto nuovo e si butta via il vecchio, e così facendo si accumulano tantissimi rifiuti. Un capolavoro, ha detto la prof.

«Domande?»

Una sola mano alzata. Primo banco.

«Ibra, dimmi.»

«Di quand'è questo racconto?»

«Del 1972.»

«Se Calvino nel 1972 aveva annunciato un possibile disastro ecologico prodotto da un consumismo scriteriato, perché soltanto oggi dobbiamo affannarci a contrastare l'emergenza climatica?»

Ibra in italiano è quello con la media più alta, ma con la prof sono come cane e gatto. Se le cantano e se le suonano quasi ogni giorno.

«Bella domanda» risponde la Rossi. «A dire il vero le ragioni sono molte. Da un lato c'è stato il miglioramento delle condizioni economiche dei paesi in via di sviluppo, che ha portato a un aumento dei consumi energetici e alla produzione di più anidride carbonica e di rifiuti inquinanti, eccetera.»

«Quindi stiamo peggio perché i paesi in via di sviluppo stanno meglio? In altre parole: finché inquinavano solo i paesi ricchi andava bene, mentre adesso dobbiamo darci tutti quanti una regolata?» osserva Ibra.

«Be', non intendevo proprio questo...»

«E allora cosa intendeva?»

Il tono di Ibra è chiaramente provocatorio.

«Ragazzino, non farmi la morale. Tu dovevi ancora nascere che io già manifestavo contro la deforestazione. E visto che siamo a scuola, impara una cosa: la prima riunione della Conferenza delle Nazioni Unite per la tutela dell'ambiente si è tenuta a Stoccolma, guarda caso, nel 1972. Come vedi, Calvino deve aver respirato l'aria del tempo e se ancora oggi stiamo discutendo di ambiente, significa che la questione non è tanto semplice da risolvere, come può pensare invece qualche giovanotto sapientone. Vero o no?»

Suona la campanella. «Per la prossima volta, riassunto del racconto. E arrivederci...» dice la Rossi, andandosene con il passo di chi si è tolto una soddisfazione.

«Amico, la prof ti ha smerdato alla grande!» commenta il compagno di banco di Ibra, che di tutto il discorso non deve aver capito niente, se non che l'ultima parola l'ha avuta la prof.

Al cambio dell'ora qualcuno si alza per sgranchirsi le gambe, qualcun altro va in bagno. Ibra rimane seduto al posto. Dietro fanno il suo nome. Si volta. Le due compagne di banco in seconda fila confabulano. Sono le uniche due femmine di tutto l'istituto professionale. Le hanno messe nella stessa classe perché si diano sostegno l'una con l'altra e sono diventate amiche inseparabili.

«Ce l'avete con me?»

«Io no. È *lei* che ce l'ha con te.»

A rispondergli è stata Lisa, capelli corvini e un viso allegro. Una delle ragazze più belle di Portononcello e dintorni.

«Sta' zitta!» ride l'altra.

Lei è Aurora Elshani, genitori albanesi, nata e cresciuta in Italia, rappresentante di classe, pelle candida come la neve, nasino a punta, capelli castano chiari raccolti in una coda di cavallo. Occhi brillanti, labbra sottili, sorriso luminoso. Fa una faccia imbarazzata. Lisa se la ride.

«E cosa dicevi di me?» chiede Ibra sorridente.

«Mi è piaciuto quello che hai detto sui paesi in via di sviluppo.»

«Grazie.»

«Volevo dire la stessa cosa, ma l'hai detta prima tu.»

«Mi spiace.»

«A me no. Significa che non sono la sola a pensarla così.»

«D'accordo, ho capito, vi lascio soli, piccioncini! Mi state proprio annoiando» dice Lisa alzandosi in piedi. «Stanotte mi sono sparata un'intera serie tv e sono rimasta sveglia fino alle cinque. Ho gli occhi che mi cascano per terra. Se per caso qualcuno mi cerca, sono in biblioteca a schiacciare un pisolino. Tanto lì non ci va mai nessuno, tranne Ibra.»

Ibra la segue con gli occhi mentre esce dall'aula. Poi si rivolge ad Aurora.

«È simpatica.»

«La migliore.»

«Sai a cosa stavo pensando? Che noi due non parliamo spesso.»

«In effetti.»

«Dovremmo rimediare.»
Aurora fa una faccia sorpresa.
«Che ne dici?» insiste Ibra.
«Dico che va bene.»
«Ti va un gelato oggi pomeriggio?»
«Alle quattro?»
«Alle quattro.»

Ibra e suo padre atterrarono all'aeroporto di Dakar in una serata afosa. Prima della partenza il signor Omar aveva rasato i capelli a zero a suo figlio. Ibra si specchiava sulle vetrate dell'aeroporto e con quella testa così piccola e spelacchiata non si piaceva per niente. Incontrò per la prima volta suo nonno Cheikh Anta all'uscita dell'aeroporto. Era identico a suo padre: corporatura imponente, mani e piedi grandi, sguardo profondo, solo i capelli erano bianchi. Sul capo portava un kufi azzurro chiaro, il copricapo musulmano, e indossava il tradizionale agbada dello stesso colore, la tunica che lo copriva dal collo alle caviglie. Il signor Omar e Ibra vestivano all'occidentale. Il nonno fissò a lungo quel nipote che incontrava per la prima volta.

«Obbedisci sempre al nonno e al maestro e rendimi fiero di te» disse il signor Omar a suo figlio.

Ibra sollevò da terra uno sguardo rancoroso e incontrò quello fermo di suo padre. Il signor Omar gli carezzò la testa rasata con la mano grande e forte, consegnò il bagaglio del bambino al suo vecchio e li salutò entrambi.

«Salam aleikum.»

Il padre ritornò nella zona d'imbarco e prese il primo aereo per l'Italia. Il nonno si fece dare la mano da Ibra e lo condusse alla stazione dei bus. Uscirono dalla città a bordo di un pullman malandato e strapieno di gente. Viaggiarono per un tempo che a Ibra parve interminabile nella regione di Khelcom, una pianura in pieno sahel solcata da un'unica, sottile lingua di asfalto. Giunsero al villaggio del nonno quando era ormai notte fonda. Era buio pesto e Ibra doveva fare tanta pipì. Sceso dal pullman, corse a svuotarsi dietro a un cespuglio. Il nonno lo condusse subito a casa, una capanna di paglia e argilla dalla pianta circolare e dal tetto conico. Accanto vi era un recinto, al cui interno sostava una mezza dozzina di mucche dalle lunghe corna e dal pelo bianco. Più in là c'era l'ovile delle capre.

«Ti piace la casa?»

«È molto diversa dalla mia.»

«Ah, sì? E com'era?»

«Non avevo mucche né capre» disse Ibra guardandosi un po' attorno.

«E dove prendevi il latte e la carne?»

«Al centro commerciale.»

Il nonno sorrise.

La capanna all'interno aveva un mobilio essenziale, una cassapanca, alcuni secchi e al centro il focolare. In Italia la casa di Ibra era povera, ma quella del nonno mostrava un livello di povertà che Ibra non aveva mai neanche immaginato. C'era un odore di formaggio talmente forte che gli impregnò le narici.

«Vivi da solo?» chiese Ibra.

«Sì. La nonna è andata nello Janna qualche anno prima della tua mamma. Come si dice Janna in italiano?»

«Paradiso.»

Il nonno preparò i giacigli.

«Adesso devi dormire. Domani sarà il tuo primo giorno di scuola.»

Ibra era così stanco che si addormentò immediatamente.

L'indomani il nonno lo svegliò all'alba.

«Tuo padre da piccolo indossava questo agbada» gli disse mostrandogli una tunica bianca con decori sgargianti.

«Preferisco i miei soliti vestiti.»

Ibra si infilò una maglietta, i suoi jeans preferiti e le scarpe da ginnastica.

Il nonno gli preparò una scodella di latte di capra, pane e formaggio e una volta fuori gli diede i primi rudimenti su come occuparsi del bestiame. Nonostante fosse presto, faceva già molto caldo. Sistemati gli animali, s'incamminarono verso la scuola. Alla luce del giorno Ibra notò alcuni particolari del villaggio che al suo arrivo gli erano sfuggiti per via del buio. Le strade erano disseminate di spazzatura e le case erano costruite con materiali di fortuna. La scuola era un edificio con il tetto in lamiera, situato in mezzo a un ampio sterrato. Attorno c'era un gran viavai di bambini, alcuni vestiti solo con maglietta e pantaloncini corti, altri in testa portavano il kufi.

Al suo arrivo Ibra si sentì osservato da tutti. Il nonno si presentò a un uomo dal viso spigoloso e la pelle di ebano. Anch'egli era vestito alla maniera tradizionale.

«Questo è il tuo maestro» disse il nonno a Ibra e dopo le solite raccomandazioni se ne andò.

Ibra entrò a scuola con il maestro. Nell'aula una cinquantina di studenti, di età molto varia, faceva un chiasso tremendo. Le pareti erano tutte scrostate, i banchi erano pieni di buchi di tarli e le panche di legno sembravano davvero molto scomode.

«Siediti accanto a Ousmane.»

Il maestro indicò il posto vuoto accanto a un bambino esile dagli occhi vispi che lo salutò con un: «Belle scarpe».

Solo in quel momento Ibra si rese conto che tutti gli altri alunni indossavano sandali o ciabatte di gomma.

«Vieni da Dakar?»

«No, dall'Italia.»

«Dall'Italia? E perché sei venuto qui?»

«Mio padre vuole che impari le tradizioni del popolo wolof.»

«E tua madre?»

«Lei è nello Janna con mia nonna.»

«Le donne non ci vanno nello Janna.»

«Invece ci vanno!»

«Le donne si lamentano sempre. Allah non ce le vuole con lui. Fanno troppa confusione.»

«La mia mamma non si è lamentata nemmeno quando stava molto male.»

«Forse allora lei ci sarà andata nello Janna, non lo so. Devi chiedere al maestro.»

«Lo farò. Il tuo nome è Ousmane, giusto?»

«Esatto.»

«Io sono Cheikh Ibra. Ma gli amici mi chiamano solo Ibra.»

Ousmane gli mise in mano un origami azzurro. A Ibra parve avesse la forma di un cigno con il muso sollevato verso il cielo e le ali spiegate.

«È bellissimo. Lo hai fatto tu?»

Ousmane annuì: «Da piccolo mi sono ammalato e sono finito all'ospedale. Lì una dottoressa mi ha insegnato come si fa. Se vuoi una volta te lo mostro. Non è difficile».

«Ma certo!» rispose Ibra infilandosi in tasca l'origami giusto l'istante prima che il maestro imponesse il silenzio. Per tutta la mattina non fecero altro che recitare a voce alta alcuni versi del Corano.

«Non ci danno altri libri?» chiese d'un tratto Ibra.

Ousmane fece no con la testa, seguitando a recitare i versi del libro sacro.

A sera i bambini furono condotti nel dormitorio, una stanza simile all'aula, ma con moltissime brande. L'interno era illuminato dalla pallida luce della luna che penetrava da una finestra.

«Dov'è l'interruttore della luce?»

«Qui non c'è l'elettricità.»

Il maestro poggiò un gran pentolone fumante sopra un tavolo e i bambini si misero in fila per prendere la loro razione di cibo. Il maestro distribuì a ciascuno direttamente sulle mani una mestolata di quella che sembrava una specie di polenta. Arrivato il suo turno, Ibra mise le mani a conca come aveva visto fare ai bambini che lo avevano preceduto e chiese timidamente al maestro: «Le donne ci vanno nello Janna?».

Il maestro aveva altro a cui pensare e gli rovesciò la razione bollente sui palmi senza rispondergli. Ibra resistette all'istinto di lasciar cadere quel magma che gli stava ustionando le mani e ci soffiò sopra. Fu spinto via dai bambini in coda alle sue spalle e dovette scansarsi senza aver ottenuto chiarimenti su quella cosa dello Janna. Ma d'altro canto moriva di fame e così divorò quella poltiglia rovente, scottandosi il palato.

«Attento alle mosche» lo ammonì Ousmane. «Se finiscono nel cibo, rischi di mangiartele!»

Dopo cena i bambini si stesero sulle brande. Ibra non aveva sonno. Nella penombra guardava in silenzio le sagome dei suoi compagni sdraiati su un fianco. Toccò una spalla a Ousmane.

«Che vuoi?» sussurrò quest'ultimo.

«Mentre ero in aereo guardavo fuori dall'oblò, per vedere se in cielo c'era lo spirito della mia mamma.»

«E lo hai visto?»

«No.»

«Cosa ti avevo detto? Le donne non vanno nello Janna.»
«Sì, ma non ho visto nemmeno gli spiriti degli altri morti.»
Ousmane rimase interdetto.
«Allora sai cosa ho pensato?» riprese Ibra.
«No, cosa?»
«Che in cielo ci sono solo le nuvole.»

Nel pomeriggio Ibra e Aurora si incontrano in centro. Scelgono un locale, si siedono a un tavolino e ordinano un gelato. Parlano del più e del meno e ben presto il discorso finisce sulla lezione della professoressa Rossi.

«Mi ha fatto fare una figuraccia» sghignazza Ibra.

«Be', forse anche tu potevi essere un po' più gentile.»

«Ormai abbiamo questo rapporto. Io pungo lei e lei punge me. Sono convinto che mi odi.»

«Io invece penso che ti voglia un gran bene.»

«Dici?»

«Ne sono sicura.»

«Posso farti una domanda a bruciapelo?»

«Spara.»

«Ma com'è che tu e io ci siamo evitati fino a oggi?»

«Non lo so. Forse mi credevi antipatica.»

«Neanche per sogno. Forse tu mi credevi antipatico.»

«Per niente. Giuro.»

«Stare lontani ancora sarebbe stato un crimine.»

«Addirittura! Perché?» chiede lei con un viso dolce.

«Non capita spesso di parlare con persone argute ed empatiche come te.»

«A me invece non capita spesso di parlare con persone che usino parole come *argute* ed *empatiche*.»

«Oh, be', grazie.»

«Non c'è di che.»

Ibra si rende conto che entrambi stanno flirtando senza troppi complimenti.

«E dimmi, ragazza arguta ed empatica, cosa vorresti fare da grande?»

«La psicologa.»

Ibra strabuzza gli occhi.

«Perché quella faccia? Ragazza di Albania no può fare psicologa in Italia? Solo colf o badante?»

«Non intendevo questo» spiega Ibra divertito. «Stavo pensando che l'Istituto professionale non è adatto alle tue aspettative.»

«I miei genitori volevano che facessi una scuola *pratica*. Che imparassi un mestiere» dice Aurora facendo spallucce. «E tu, ragazzo che conosce le parole difficili, cosa vuoi fare da grande?»

«L'insegnante.»

«Davvero?» esclama Aurora.

«Perché? Uomo di colore no può fare insegnante?»

«Scemo!» ride lei. «E cosa vorresti insegnare?»

«Letteratura italiana.»

«Be', in effetti in italiano sei molto bravo. Infatti dovresti fare lo Scientifico. O il Classico.»

«Mio padre voleva che facessi una scuola *pratica*. Che imparassi un mestiere» dice Ibra facendole il verso.

«Che stupido sei!»

«Ma ho già un piano: dopo le superiori mi cerco un lavoro e nel frattempo mi iscrivo all'università. Lavorerò di giorno e studierò di notte.»

«Non ci credo! Voglio fare anch'io la stessa cosa. Chissà se ci riusciremo?»

Ibra rimane in silenzio per qualche istante, poi estrae da una tasca un foglietto di carta azzurra che posa sul tavolino.

«Cos'è questo?»

«Non capisco. È un test di intelligenza?»

«Ma no! Rispondi alla domanda.»

«Un foglio di carta azzurro.»

«Giusto.»

Ibra piega il foglio in parti sempre più piccole e modella un origami.

«È meraviglioso! Dove hai imparato?»

«Me l'ha insegnato un amico in Senegal. Si chiamava Ousmane.»

«In Senegal si fanno gli origami?»

«Ousmane aveva imparato da una dottoressa che lo aveva curato in ospedale. Un giorno gli ho chiesto perché gli piacevano gli origami e lui mi ha risposto che non lo sapeva. Ma io credo di sapere il perché.»

«Sì?»

«Guarda: questo origami è pur sempre carta, giusto?»

«Giusto.»

«La nostra vita è come un foglio di carta: possiamo lasciarlo piatto e liscio oppure dargli la forma che più ci piace. Dipende tutto da noi.»

«È un bel pensiero. Credo che tu abbia ragione.»

«Davvero? Allora dovremmo sposarci.»

Aurora gli fa tanto d'occhi.

«Stavo scherzando.»

«No, hai ragione. Dovremmo sposarci» ribatte Aurora.

«Aspetta, non credi che stiamo correndo troppo?»

«Stavo scherzando anch'io!» ride Aurora.

«Dammi la mano.»

Aurora allunga il braccio e Ibra posa l'origami sul suo palmo.

«Te lo regalo.»

«Grazie!»

«Vieni, adesso andiamo via.»

«Dove?»

«Voglio mostrarti un posto fighissimo.»

Aurora assume un'aria sospettosa.

«Tranquilla, non ho cattive intenzioni. Fidati.»

Pagano il conto, si alzano e passeggiano nella zona pedonale, tra negozi di abbigliamento e locali affollati per l'aperitivo. Ibra si ferma davanti a una libreria, sulla cui insegna c'è scritto in grande Macondo.

«Siamo arrivati.»

All'interno l'atmosfera è fuori dal tempo. La radio suona una vecchia canzone, *Let's Dance*, nella versione dei Ramones. Alle pareti sono appese locandine di vecchi film di Kubrik e fotoritratti di scrittori come Kerouac, Bukowski, Pirandello, Hemingway, London. Gli scaffali traboccano di libri dalle coste multicolori. Dietro al bancone c'è una ragazza sui venticinque, visetto angelico, rossetto color fiamme dell'inferno, tempesta di capelli biondissimi sparati in aria da una cannonata di lacca. La canottiera nera dei Sex Pistols fa a cazzotti con la gonna bianca di tulle, a sua volta in aperto conflitto con i leggings e con gli anfibi neri. Eppure l'insieme funziona alla grande. La montagna di piercing sulle orecchie e un anellino alla narice destra chiudono il ritratto assieme alla catena da bicicletta, assicurata al collo con un lucchetto.

«Ecco il mio cliente preferito!»

«Cristina, lei è Aurora, una mia compagna di classe. Aurora, lei è la padrona di questo posto super figo.»

«Se sei amica di Ibra, sei mia amica» dice la libraia ad Aurora.

Ibra estrae dalla tasca un biglietto, ispeziona gli scaffali e tira giù alcuni libri. Kafka, Canetti, Musil, Mann, Svevo.

«Sei in fase Mitteleuropa?» chiede Cristina.

«Ma li compri tutti?» domanda Aurora. «E in quanto tempo li leggerai?»

«Una settimana mi basterà.»

«Davvero?»

«La scorsa settimana si è letto una caterva di francesi» dice Cristina, «e parlo di Hugo, Flaubert, Stendhal, Dumas. Mica Harry Potter.»

Ibra intanto se n'è tornato a caccia tra gli scaffali. Sembra un gatto in un'uccelliera.

«Si è già letto Tolstoj, Dostoevskij, Checov, Gogol e Bulgakov. Non ho mai visto nessuno leggere con tanta frenesia. Mi ha raccontato che la fame di libri gli è venuta in Senegal, dove non poteva leggere altro che qualche pagina del Corano. Tornato in Italia ha deciso di leggersi l'impossibile. Questo ragazzo è una macchina da guerra. Se tutti fossero come lui, a quest'ora sarei miliardaria. Hai detto che ti chiami Aurora?»

«Sì. Cioè, tecnicamente lo ha detto lui...»

«Aurora, posso darti un consiglio?»

«Certo.»

«Non fartelo scappare. Di ragazzi così ne trovi uno su un miliardo se sei fortunata.»

Il viso di Aurora diventa rosso come un peperone.

«Hai caldo?» le chiede Ibra tornando alla cassa con altri libri.

«Eh, un po', in effetti...»

«Ah, giusto! Dimenticavo...» esclama Ibra allontanandosi per prelevare un ultimo volume. La libraia batte il conto alla cassa e Ibra paga con i soldi dell'ultima scommessa vinta.

«Vuoi una borsa o noleggi un tir, tesoro?» chiede Cristina, mostrandogli il piercing sulla lingua.

Una volta fuori, Ibra estrae dalla borsa un libro e lo consegna ad Aurora.

«Tieni. Regalo numero due.»

È una raccolta di poesie di Montale.

Qualche ora dopo Ibra è steso sul letto a leggere *I Buddenbrook* di Thomas Mann. D'un tratto posa il volume sul materasso, afferra il telefonino e invia un Whatsapp ad Aurora.

Che combinazione! Ti stavo pensando.

Risponde lei.

Oggi è stato bellissimo.

Aurora gli invia un selfie di lei stesa sul letto. Sul comodino sono posati in bella vista l'origami azzurro e il libro di Montale.

Anche per me.

Un'ambulanza sfreccia lungo la via a sirene spiegate. Nell'appartamento accanto si discute a voce alta, ma questa sera i rumori molesti le scorrono addosso come l'acqua sulla pietra. Ogni cosa ad Aurora sembra più bella, adesso che quell'origami azzurro è lì a farle compagnia.

Ibra torna a casa da scuola e posa lo zaino in camera. L'odore di cibo pakistano che impregna i muri arriva dal piano di sotto. Il chiasso di una tv accesa a un volume spropositato viene dall'appartamento a fianco. La stanza è disseminata di libri, i suoi compagni di vita preferiti.

Ibra ha sete e si sposta in cucina. Si versa un bicchier d'acqua e lo tracanna d'un fiato. Afferra un barattolo di Pringles, il suo pranzo. L'acquaio è pieno di stoviglie sporche. La spazzatura trabocca dal contenitore. Il telefonino trilla. È un Whatsapp del Mister.

Passo a prenderti in macchina alle 16. Devo parlarti in privato di una cosa prima dell'allenamento.

Non fa nemmeno in tempo a riflettere su quel messaggio così insolito del Mister che squilla il campanello. Va ad aprire e si trova di fronte Souleymane.

«Salam aleikum.»

Ibra gli fa cenno di entrare e sprofonda sul divano. Souleymane si accomoda su una sedia di fronte a lui. Ibra gli allunga il barattolo di Pringles. Il cugino affonda una mano e trangugia una manciata di patatine.

«Sono venuto a vederti alla partita. Come cavolo hai fatto a segnare quella punizione?»

«Perché sei qui, Souleymane?»

«Che c'è? Non posso venire a trovare il mio cuginetto preferito?»

«Ci vieni solo quando hai bisogno di qualcosa.»

«Ti ho portato questo» dice Souleymane e dalla tasca interna del giubbotto estrae una bustina di erba.

«Lo sai che non fumo. Né sigarette né tanto meno quella roba lì.»

«Non hai capito. Non è per fumartela.»

«E per farci cosa?»

«Mi serve il tuo aiuto» taglia corto Souleymane mettendosi a sedere composto.

«Fermati. Ho già capito. Non mi interessa.»

«Prima fammi parlare. Sta per arrivare un grosso carico di hashish. Il boss della zona è uno importante. Me ne ha promessa una bella fetta...»

«Se...?»

«Se gli dimostro che con i miei so smerciare più roba della gang degli albanesi.»

«Vuoi che ti aiuti a far fuori la concorrenza?»

«Ho bisogno di te per lo spaccio a scuola. È la piazza più importante. Sei un tipo sveglio e per di più incensurato. Con te nella gang togliamo di mezzo gli albanesi in un attimo. Possiamo raddoppiare i guadagni, anzi, triplicarli. Sto parlando di un sacco di soldi per te e per tutti i miei ragazzi.»

«Ti ho detto che non mi interessa» ripete Ibra fissando suo cugino dritto negli occhi.

«Ibra, ho bisogno di te per fare colpo su quel boss...»

«Tu sei fuori di testa. Non ti ci devi mettere con quella gente!»

«Ascolta. Guardati attorno. Vuoi mangiare Pringles a pranzo per il resto della tua vita? Da grande vuoi distribuire volantini come tuo padre?»

«Almeno è un lavoro onesto. Voglio provare a farcela rispettando le regole.»

«Allora sei un illuso. Rispetta le regole dei bianchi e per loro rimarrai soltanto un nero.»

«No, Souleymane: spaccia la droga e darai ai bianchi il pretesto per considerarti soltanto un nero. Senza contare che rischi di finire in prigione.»

«Una cella è tanto peggio di questo schifo di appartamento?»

«Se non ti piace, puoi andartene anche subito.»

«Sono qui per aprirti gli occhi, cugino.»

«Ti ho già dato la mia risposta.»

«Ma non capisci? Ti sto offrendo l'occasione per dare una svolta alla tua vita. A questo mondo non possiamo fidarci di nessuno. Pensa a mio padre: ha abbandonato me e mia madre quando ero appena un bambino. Da allora ho dovuto cavarmela da solo.»

Ibra sbuffa, distoglie lo sguardo dal cugino e fissa la foto di sua madre accanto al divano. Souleymane si volta nella stessa direzione. «Ti ricordi quando da bambini ci teneva qui insieme? C'era sempre quel tuo amico...»

«Marco.»

«Sì, giusto. Tua madre era sempre piena di attenzioni. Se in casa mancava il cibo, correva in parrocchia a prendere la spesa per i poveri.»

«Me lo ricordo. Mio padre non voleva che prendesse il cibo offerto dalla parrocchia, ma lei ci andava lo stesso senza dirgli niente.»

«A tua madre importava solo che ci fosse da mangiare per noi bambini. Il resto non contava. Più di una volta l'ho sentita dire a mia madre che voleva una vita migliore per noi due. Dunque accetta la mia proposta. Fallo per lei.»

«Se ti azzardi ancora una volta a mettere in mezzo mia madre, giuro che ti spacco la faccia.»

«Va bene, scusa» dice Souleymane mordendosi le labbra. Si alza, va verso l'uscita, apre la porta, ma prima di andarsene si volta verso Ibra.

«Ti prego, pensaci su. Nessuno di noi due merita questo schifo.»

Aurora rientra in casa dopo la scuola. La tavola è imbandita di japrak, gli involtini di foglia di vite ripieni di riso.

«Mi ha chiamato la preside» le dice la mamma in albanese. «Dice che Valon non viene a scuola da un mese e mezzo. Tu ne sai qualcosa? Dove se ne va? Cosa fa tutto il giorno? E dov'è adesso? Perché non risponde al telefonino?»

Aurora sa che se raccontasse a sua madre di Valon, le darebbe un dispiacere immenso, perciò sceglie di mentirle.

«Non lo so, mamma.»

Il papà è in salotto davanti al televisore a tutto volume. Riabbottona la camicia fin sul colletto, si alza in piedi e si siede a tavola.

«Adesso che sei arrivata almeno tu, possiamo anche mangiare.»

Dopo pranzo Aurora si chiude in camera a studiare e non esce fino a sera.

Sono le sette quando sente aprire la porta d'ingresso. Riconosce la voce di suo fratello, che inizia subito a discutere in albanese con i suoi e molto presto i toni si fanno concitati.

«Cosa avete da lamentarvi? Guardate qua...»

Aurora fa capolino dalla porta della sua camera. Valon, atletico, berretto da baseball, giubbotto in pelle, jeans attillati e scarpe da ginnastica, ha gettato un fascio di banconote sul tavolo della cucina.

«Questo è per voi. Che c'è? Vi porto tutti questi soldi e voi vi incazzate perché non vado a scuola?»

Poi, rivolto a suo padre: «Tu, quanto hai guadagnato oggi?».

«Non ti permettere, sai!»

«Io mi permetto, invece!»

«Sei solo un arrogante e un delinquente» sentenzia il padre, nel cui petto il fuoco della rabbia è spento da un oceano di amarezza.

«Ma guardati! Cosa fai adesso, ti metti a piangere? Che uomo sei? Non c'è gusto a litigare con te. Adesso lasciatemi in pace, tutti e due!»

Valon se ne va dalla cucina. Aurora fa appena in tempo a chiudere la porta e a buttarsi sul letto. Un istante dopo il fratello bussa ed entra senza attendere il permesso.

«Cosa vuoi? Non vedi che sto studiando?» chiede Aurora in albanese.

«Ti posso parlare un secondo?» risponde Valon in italiano. Quando le parla in italiano, significa che deve dirle qualcosa di importante. Del resto, il tono non ammette rifiuti. Aurora si mette a sedere sul bordo del letto e suo fratello si accomoda sulla sedia della scrivania, con il petto contro lo schienale. «Come stai, sorellina?»

«Sto così.»

«Stavo pensando che una volta io e te parlavamo molto di più. Ci confidavamo ogni segreto, ricordi? Invece adesso, niente.»

«È normale. Da piccoli tra fratelli ci si racconta tutto, poi si cresce.»

«Lo so. Ma a me non piace quando mi nascondi qualcosa.»

«Cosa vuoi dire?»

«Su, non vorrai fare la misteriosa proprio con me.»

«Non faccio la misteriosa. Semplicemente non ti sto nascondendo un bel niente.»

«Davvero? Niente di niente?» insiste Valon fissando la sorella negli occhi al punto da metterla a disagio.

«Mi lasci in pace, per favore? Devo finire di studiare...»

«Uno dei miei fratelli mi ha mandato questa foto» dice Valon, mostrandole lo schermo del suo smartphone. L'immagine ritrae Aurora e Ibra seduti al tavolino della gelateria. «Che storia è questa?»

«Non ci posso credere! Da quando mi fai spiare?»

«Aurora, rispondi alla mia domanda.»

«Sono andata a mangiare un gelato con un mio compagno di classe, tutto qui. Perché, c'è qualcosa di male?»

«No, niente. Bello quell'affare di carta.»

Aurora si volta verso il comodino. Valon sta osservando l'origami.

«Te l'ha regalato lui?»

Aurora non risponde.

«Sorellina, lascia che ti spieghi come stanno le cose. Lo sai di chi è parente quel tuo compagno di classe?»

«Certo. Di Souleymane.»

«E lo sai che Souleymane con la sua gang vuole farmi fuori?»

«Queste sono cose che non mi riguardano...»

«Invece ti riguardano. Souleymane è un tipo furbo e tu sei una ragazza ingenua.»

«Che intendi dire?»

«Che devi stare alla larga dal cugino di Souleymane. Chiaro?»

«Ibra non ha niente a che fare con i traffici di suo cugino.»

«Certo. E i maiali volano. Non capisci che ti sta ingannando?»

«Non sono io l'ingenua. Sei tu che sei paranoico. Vedi minacce dove non ci sono.»

«Ti ricordi quando eravamo alle elementari? C'erano quei due bambini che ti prendevano in giro perché avevi i genitori albanesi. Ti strappavano le pagine dei quaderni, ti appiccicavano le gomme da masticare sui capelli e ti scrivevano le parolacce sullo zaino. Ogni giorno tornavi a casa da scuola piangendo. Ti ricordi?»

«Certo che mi ricordo.»

«E ricordi anche perché hanno smesso di darti fastidio?»

«Perché li hai picchiati finché non ti hanno giurato che non mi avrebbero più dato fastidio.»

«Bene. Adesso ti lascio studiare. Ti ho fatto perdere un sacco di tempo.»

Valon si alza dalla sedia. Aurora è turbata. Suo fratello fa per uscire, ma prima rivolge un ultimo sguardo all'origami azzurro.

«Voglio soltanto proteggerti, sorellina, come ho sempre fatto. Quel tipo non deve più ronzarti attorno. Sono stato chiaro?»

Nel dormitorio della scuola senegalese Ibra non riusciva a chiudere occhio. La sua branda era infestata dalle pulci e passava le notti a grattarsi per il prurito. Se non altro aveva capito perché suo padre gli aveva rasato i capelli. Ma più delle pulci erano le mosche a dargli il tormento, di notte come di giorno.

«È per via del caldo» gli aveva spiegato Ousmane. «Ma ti ci abituerai.»

Ibra si schiaffeggiava di continuo per tenerle lontane. Ma come gli aveva detto Ousmane, dopo qualche tempo ci fece l'abitudine.

Di tanto in tanto tornava dal nonno e con lui si occupava del bestiame a tempo pieno. Fare il pastore non gli dispiaceva. E poi il formaggio del nonno era più buono della sbobba che gli rifilavano a scuola.

Un pomeriggio portarono le capre al pascolo in un luogo più lontano del solito. Il nonno sopportava da sempre il caldo torrido con il suo agbada, invece Ibra boccheggiava, nonostante avesse addosso soltanto un paio di jeans e una maglietta. Il sole feroce lo convinse a indossare perlomeno il kufi. Giunsero a un'ampia radura ricoperta da un fitto manto di erba color giallo oro. Qua e là gli alberi di acacia dalle chiome verdeggianti spezzavano la monotonia del paesaggio. Su di essi un enorme baobab svettava alto nel cielo come un gigante sonnacchioso. Le capre e le mucche si misero a brucare l'erba proprio attorno al suo immenso fusto, mentre Ibra e il nonno si sedettero all'ombra su una grossa radice.

«Perché abbiamo fatto tutta questa strada?» chiese Ibra.

Il nonno fissò il bestiame e pronunciò una parola in lingua wolof: «Mbalit».

«Mbalit? Che c'entra la spazzatura?»

«Se le bestie pascolano troppo vicino al villaggio, divorano i rifiuti abbandonati per la strada. Le capre mandano giù ogni cosa, sai? Plastica, gomma, tutto quanto. Vuoi forse mangiarti il formaggio con dentro la spazzatura?»

«No! Che schifo!»

«Ecco, appunto. Allora è meglio portare le capre e le mucche a pascolare lontano dal villaggio, dove non c'è traccia di mbalit.»

Il nonno diede a Ibra qualche madd e dei ditakh, che il bambino divorò con gusto.

«In Italia i ditakh si trovano al market etnico, ma solo essiccati.»

«Fanno molto bene» annuì il nonno.

Ibra di colpo si fece triste.

«Cosa c'è?» gli chiese il nonno.

«Mi manca tanto la mamma.»

Il nonno gli rivolse uno sguardo intenso e per qualche istante rimase in silenzio come per riguardo alla sua malinconia. Poi disse: «La nostalgia è un dolore necessario. Serve a ricordarci quanto siamo affezionati a chi ci è lontano. Senza saremmo aridi come il deserto».

«Ma non c'era bisogno che la mamma morisse. Sapevo già di volerle molto bene.»

«Lo so, ma Allah ha voluto così.»

«Allah non esiste.»

Il nonno gli puntò addosso due occhi severi e Ibra si preparò a ricevere un rimprovero. Invece lo sguardo del nonno si fece indulgente.

«Allah è grande e grande è la sua misericordia. Troppo grande perché la possiamo vedere coi nostri occhi.»

«Misericordia? Dove sarebbe questa misericordia nella sofferenza che provo?»

«Ogni giorno la nostalgia ti ricorda quanto tua madre ti voleva bene. In questo momento ti fa stare male, ma quando sarai grande ti aiuterà ad amare i tuoi figli come tua madre ha amato te. Se l'altro mio figlio, tuo zio, avesse imparato questa lezione, non avrebbe mai abbandonato la moglie e il figlio come invece ha fatto. Il suo gesto ancora oggi mi copre di vergogna.»

Ibra si accorse che il nonno si era intristito.

«Ibra, puoi imparare molto dalla tua sofferenza. È questa la volontà di Allah. Egli agisce sempre per uno scopo buono e giusto.»

Quelle parole suscitarono in Ibra un profondo risentimento verso Allah, il nonno e tutto il resto.

«Non c'è niente di giusto» sentenziò. «È tutto sbagliato. Basta, non voglio più stare in Senegal!» esclamò, e le sue guance si rigarono di lacrime di rabbia.

«Cosa c'è che non va qui?»

«Tutto non va. Lo hai detto anche tu: le strade del villaggio sono sporche. La scuola è brutta, il maestro è cattivo e i miei compagni più grandi mi odiano.»

Il nonno fece cenno col capo di aver compreso. «Non hai trovato nemmeno un amico?»

«Uno solo. Si chiama Ousmane.»

«È buono o cattivo?»

«Buono. Mi ha regalato questo.»

Ibra gli mostrò l'origami azzurro che teneva in una tasca dei jeans. Il nonno ne rimase meravigliato.

«Davvero molto bello. È un toor-toor, un airone.»

«Non è un airone. È un cigno» ribatté Ibra.

«I cigni non sono blu.»

«Nemmeno gli aironi.»

«Sicuro?» disse il nonno alzandosi in piedi. «Vieni con me.»

«Dove andiamo?»

«Pazienza. Lo scoprirai da solo.»

«Lasciamo le bestie incustodite?»

«Staremo via poco. Vedrai, non sentiranno la nostra mancanza.»

Camminarono nella savana fino a un fiume, la cui ansa era fitta di mangrovie. Sulla riva sostavano dei cormorani sazi di pesce. Più in là alcuni pellicani sonnecchiavano con le zampe immerse nell'acqua.

«Guarda laggiù» disse il nonno indicando un punto lontano.

Ibra si schermò gli occhi con una mano e volse lo sguardo in quella direzione. Distinse un uccello dal collo lungo e dalle piume blu cobalto. Se ne stava ritto sulle zampe flessuose, il becco affilato come una punta di lancia. Il ragazzo lo confrontò con il suo origami.

«Avevi ragione, nonno. Non è un cigno, è un toor-toor blu!»

In quel momento, come se avesse notato la loro presenza, l'airone blu aprì le ali e gonfiò il petto con fierezza, mostrandosi solenne e maestoso. La sua bellezza divina commosse Ibra. L'airone sbatté le ali due, tre, quattro volte, poi spiccò il volo e si librò in cielo, volteggiando agile sopra le loro teste. Volò dietro le mangrovie e poi sparì, fondendosi in un'unica essenza con il cielo.

«Il tuo dolore è venuto qui assieme a te e stai sicuro che ti accompagnerà ovunque andrai. Non te ne libererai lasciando il

Senegal. La vita è piena di cose brutte, Ibra, ma ovunque puoi trovare qualcosa di buono che ti può consolare. Per questo non devi lasciartelo scappare. Il fiore più bello non verrà mai da te. Se lo vorrai cogliere, dovrai andare tu da lui.»

«Ma a volte le cose belle ti possono ferire, come la mamma. Come le rose con le loro spine» obiettò Ibra.

«Vero» disse il nonno, «ma una rosa senza spine che rosa è?»

La polisportiva è un *refugium peccatorum*, nel senso che i ragazzi che la frequentano provengono dal quartiere più sgangherato della città. Ma tenendoli lontano dalla strada, e dunque dai guai, diventa anche un luogo di salvezza. Due campi da calcio, due da tennis e una palestra polifunzionale compiono questo miracolo ogni giorno da ormai trent'anni. Il Mister è un metalmeccanico in pensione, allena la prima squadra da una vita ed è un pilastro della storia di questo quartiere. Dopo tanti anni di onorata carriera la società sportiva gli ha concesso un ufficetto tra lo sgabuzzino del vecchio custode e gli spogliatoi.

Il Mister arriva sotto casa di Ibra alle quattro in punto con la sua Renault 4 blu anni Ottanta. Ibra sale in macchina e il Mister parte senza complimenti. La mano sinistra al volante stringe tra le dita tozze come salsicciotti l'immancabile sigaretta accesa, dalla quale sale un filo di fumo che esce disciplinato dal finestrino aperto di mezzo centimetro. È strano come nell'abitacolo non ci sia odore di fumo. Il Mister se ne sta in silenzio e guarda la strada, aspirando di tanto in tanto una boccata dalla cicca e soffiando il fumo fuori dalla fessura del finestrino.

Fermi a un semaforo rosso, recita un *mea culpa* poco convinto: «Lo so, dovrei smettere. Ma che ci vuoi fare?».

La Renault 4 raggiunge il parcheggio della polisportiva, i due escono e s'incamminano verso gli spogliatoi. Il Mister ha finito la sigaretta e con l'estremità ancora rovente ne accende subito un'altra.

«Dopo questa entriamo a fare due chiacchiere. Ok?»

Fuori dalla porta dell'ufficetto Ibra posa a terra la borsa dell'allenamento e aspetta. Sa che non bisogna mettere fretta alla liturgia di un fumatore. Le prime boccate sono solenni e intense. Dalla quarta in poi tutto diventa un aspira e sbuffa continuo in stile ciminiera. Ibra è nervoso. Teme che il Mister abbia capito tutto a proposito delle scommesse. Ecco il perché di quello strano appuntamento.

Probabilmente quella del suo allenatore è una tattica. Sta temporeggiando per farmi perdere il controllo, pensa Ibra, in modo da estorcermi più facilmente una confessione.

Il Mister termina la sigaretta, scarica due colpi di tosse e apre la porta dell'ufficetto.

«Be', veniamo a noi una buona volta.»

Ibra si accomoda su una sedia senza braccioli, mentre il Mister si lascia cadere su una sedia con i braccioli accanto alla scrivania in formica.

«Non ci giro troppo intorno. Tu mi hai stupito, Ibra. E devo confessarti che da un ragazzo come te non me lo sarei mai aspettato. Mai. Davvero...»

«Mister, mi lasci spiegare...»

«Fammi finire. Dicevo: da te non me lo sarei mai aspettato. Otto partite consecutive, otto goal su punizione dal limite dell'area. Te lo dico chiaro e tondo: all'inizio pensavo che fosse soltanto culo, e scusa il francesismo. Poi ho capito che il culo non c'entrava proprio niente. Tu hai un talento incredibile. E te lo dice uno che di calciatori ne ha cresciuti a centinaia. Ne ho allenati di ragazzi, io, ma talenti come te non ne ho mai visto nessuno. Riesci a metterla dentro da qualsiasi punto intorno all'area di rigore. Da non credersi! Il fatto è che non me ne sono accorto solo io...»

Ibra incomincia a sudare freddo. Sente che sta per arrivare la mazzata e pensa alla strategia difensiva da adottare. Potrebbe sempre dichiarare di non sapere niente delle scommesse, ma lascerebbe Marco nei guai e lui non è il tipo da infamate del genere. Inoltre Marco potrebbe benissimo sconfessarlo. No, non riuscirebbe comunque a farla franca.

«Guardi che io non c'entro niente!»

«Ma come non c'entri niente? Che cavolo stai dicendo? Chi le ha tirate quelle punizioni? Mia nonna in carriola? No, tu, Ibra. Quindi c'entri eccome. Comunque, per piacere, fammi finire. Dicevo che non me ne sono accorto solo io. Difatti dopo le prime due partite ho chiamato un procuratore e lui è venuto a osservarti in tutte le partite successive...»

Oh, caspita! pensa Ibra, questo è andato addirittura in Procura!

«Lei non ha prove per sostenere le sue accuse!»

«Prove? Quali accuse? Che dici? Ma ti sei rincretinito? Forse non mi sono spiegato bene. Stavo parlando di Gastone Antonietti. Hai mai sentito questo nome?»

«No.»

«Oltre a essere un mio caro amico d'infanzia, Gastone Antonietti è procuratore... aspetta, com'è che dite voi giovani? Talent scout.»

«Lei ha chiamato un talent scout per me?»

«Gastone non è *un* talent scout. È il migliore su tutta la piazza. Nell'ambiente la sua parola è sacra e tutto quello che tocca lui, diventa oro. Insomma, è venuto a vederti giocare non una, ma sei partite di seguito e, indovina? Mi ha confermato quello che sospettavo: dice che hai un talento raro. E se lo dice lui, caro mio...»

«Davvero?»

«Be', ieri mi ha telefonato e mi ha chiesto i tuoi contatti. Vuole farti fare un provino. Tieniti forte. Se lo passi, il prossimo campionato lo giochi nella Primavera della Juventus.»

«Io... un provino per la Juve?»

«Certo, tu! E chi deve farlo, io? Ma sei sicuro di star bene? Ti do un consiglio da amico: al provino non presentarti con quella faccia da deficiente o quelli della Juve non ti prendono neanche per pulire i cessi.»

«E quando si farebbe?»

«Antonietti adesso deve vedere. Ho voluto parlarti in privato della cosa prima di dirlo ai tuoi compagni di squadra. Insomma, è una bella notizia e io preferisco dare le belle notizie a quattr'occhi.»

Il Mister è al settimo cielo, Ibra invece sembra essere finito in una delle bolge più profonde dell'inferno.

«Be', che c'è? Cos'è quella faccia? Non sei felice?»

«Be', che c'è? Cos'è quella faccia? Non sei felice?» gli domanda Aurora.

Chiostro della biblioteca civica. Bar affollato di studenti in pausa studio.

«Sinceramente non saprei» risponde Ibra.

Lei ha ordinato un succo al pompelmo, lui un'acqua gasata. Sulle panchine e sul bordo del chiostro decine di ragazzi chiacchierano del più e del meno. Dopo l'avvertimento di Valon, Ibra e Aurora hanno deciso di vedersi solo in luoghi affollati e al di fuori del territorio controllato da Valon. In questo senso il chiostro della biblioteca civica è perfetto.

«Fammi capire: ti hanno fissato un provino per la Primavera della Juventus e non sai se sei felice?»

«Proprio così.»

«Ma... hai capito che parliamo della Juventus?»

«Sì che l'ho capito! Ma io non voglio diventare un calciatore professionista.»

«Perché no? Forse tuo padre non approva?»

«Mio padre non ne sa ancora niente.»

«Perché non gliel'hai ancora detto?»

«Per lui esiste solo il Laamb. È inutile che gli parli di questa opportunità.»

«Temi che non ti darà il permesso?»

«Non è che lo temo, ne sono certo. Il problema comunque non è nemmeno quello.»

«E quale sarebbe?»

«Già immagino i commenti della gente: ecco un altro ragazzo di colore che raggiunge il successo con le gambe e non con la testa. Cos'altro avrebbe potuto fare nella vita? Il pugile? Il maratoneta? O forse il cestista? Non voglio diventare un cliché.»

«A parte il fatto che è tutto da vedere se riesci a raggiungere il successo... Non ti sembra di correre un po' troppo?»

«È vero. Ma se verrò preso, la gente la penserà così.»

«Scusami, che male c'è se fai questo provino? La prima volta che siamo usciti insieme hai detto che dopo la maturità vuoi trovare un lavoro per mantenerti all'università.»

«Sì, esatto.»

«Allora considera questa come un'opportunità di lavoro. Ti ci pagherai gli studi.»

«Ma non avrò tempo per studiare.»

«Non eri disposto a lavorare di giorno e a studiare di notte? Che c'è? Hai cambiato idea?»

«No che non l'ho cambiata.»

«Ho l'impressione che il problema non sia né tuo padre e nemmeno questa storia del cliché del ragazzo nero che diventa un calciatore professionista. Sei troppo intelligente per lasciarti scoraggiare da stupidaggini del genere. Piuttosto, mi sembra che il problema sia proprio il gioco del calcio...»

Per alcuni secondi Ibra resta come raggelato da quella deduzione di Aurora. Poi si alza in piedi. «Scusami...»

«Ho detto qualcosa che non dovevo?»

Ibra si allontana a passi svelti, esce dal chiostro e Aurora rimane sola. È mortificata. Teme di averlo offeso. Ma perché se n'è andato senza darle uno straccio di spiegazione? Attende qualche minuto, infine si alza, è sul punto di andarsene ed ecco che Ibra ricompare nel chiostro tra gli altri ragazzi. Nasconde qualcosa dietro la schiena con la destra. Raggiunge il tavolino, si risiede accanto a lei e le porge una rosa scarlatta. Aurora rimane a bocca aperta.

«Nessuno mi ha mai regalato un fiore. Anzi, a essere sincera, nessuno mi ha mai regalato un bel niente.»

«Lo trovo incredibile.»

«Non capisco… perché questo regalo?»

«Non serve un perché per regalarti un fiore.»

Ad Aurora viene da ridere e da piangere allo stesso tempo.

«Vuoi un perché? Perché nessuna è come te. Sai trovare il bello di tutte le cose, anche di questo provino.»

«Sinceramente in questa cosa del provino non ci vedo proprio niente di brutto.»

«Invece qualcosa c'è.»

«E cosa?»

«Credo che tu lo sappia.»

«Sì, ma vorrei sentirtelo dire.»

«E va bene. Di brutto c'è che se mi prendono dovrò trasferirmi a Torino. Sono quasi cinquecento chilometri da qui. Capisci? Sarò costretto a starti lontano.»

Aurora stringe la rosa al petto. «Per te sarebbe un problema?»

Ibra la guarda negli occhi, le sfiora il viso con una mano, si avvicina e le dà un bacio a fior di labbra. Aurora ha le vertigini come se fosse sulle montagne russe del Luna Park. Improvvisamente la giostra della sua vita prende a girare con la forza dei moti di rotazione e di rivoluzione della Terra e poi vortica sempre più in grande, come le galassie attorno ai buchi neri. L'intera espansione dell'universo, iniziata tredici virgola sette miliardi di anni fa, trova finalmente un senso in quel primo bacio.

Tutto ad Aurora appare più vivo, adesso che le labbra di Ibra hanno incontrato le sue.

«Ti basta un bacio come risposta?» chiede Ibra.

«No» sussurra Aurora. «Dammene un altro e poi altri cento, e altri diecimila. Ma sappi che non mi basteranno mai.»

«Be', che c'è? Cos'è quella faccia? Non sei felice?» gli chiese Ousmane. Erano ormai trascorsi due anni da che Ibra si era trasferito nel villaggio del nonno. Lui e Ousmane erano a far legna nella prateria. Entrambi a torso nudo, pantaloncini corti e piedi scalzi, si aggiravano in mezzo a un gruppo di acacie dalle chiome verdi, smeraldi incastonati nell'immensa prateria dorata. Ousmane era esperto del luogo e si muoveva con sicurezza. Ibra lo seguiva diligentemente.

«Non sei felice?»

«Non direi.»

«Perché?»

«Ogni volta che papà chiama mio nonno, gli racconta sempre di aver sognato mia madre.»

«E quindi?»

«Io non la sogno mai» disse Ibra e indugiò qualche istante. «Perché non viene a trovarmi nei sogni? È arrabbiata con me?»

«Ma che dici?»

«Dimmelo tu: perché non la sogno?»

«In effetti forse una ragione c'è.»

«E quale?»

«Forse è arrabbiata perché non sei veloce come me ad arrampicarti» rispose Ousmane con un'aria di sfida stampata sul viso.

«Invece sono molto più veloce di te.»

«Ah, sì?» Ousmane scrutò il baobab dinanzi a loro, alto una dozzina di metri. «Vediamo chi arriva in cima per primo.»

Ibra non se lo fece ripetere e assicurò l'accetta alla cintura. Al via, entrambi si aggrapparono al tronco e si issarono. Ousmane era esile ma agilissimo. Ibra sfruttava la sua forza esplosiva, saliva rapido e arrivò in cima per primo.

«Ho vinto!»

«Solo perché ti ho lasciato vincere» ansimò Ousmane quando lo raggiunse.

«Non è vero.»

«Infatti, scherzavo.»

Dalla cima del baobab il panorama era incantevole. Ibra contemplò le chiome delle acacie, e in lontananza scorse altri baobab. Da lassù gli pareva di poter guardare quei giganti dritto negli occhi. Ascoltò il fruscio del vento che carezzava le mangrovie e la distesa infinita di erba dorata della savana. Un pastore con il capo coperto da un turbante rosso e la sua piccola mandria di buoi dalle corna lunghe si aggiravano tra gli alberi in cerca dell'erba più verde.

«Da quassù il mondo sembra quasi bello» commentò Ibra.

Rimasero lì incantati dal panorama finché il tramonto tinse tutto di un rosso ramato. Solo allora Ousmane si rese conto del tempo trascorso.

«Dobbiamo scendere. Se faccio tardi, mio padre mi prende a legnate.»

Ibra si aggrappò a un ramo piuttosto viscido, che di colpo prese a muoversi sotto la morsa della sua mano.

«Attento, quello è un serpente!» gli gridò Ousmane.

Ibra ritrasse la mano inorridito e solo per un millimetro evitò il morso dell'animale. Però perse l'appiglio, allungò l'altro braccio in avanti nel disperato tentativo di aggrapparsi a qualcosa, ma si era sbilanciato già troppo all'indietro e la presa andò a vuoto.

Precipitò di schiena e volò giù per dieci metri. Si risvegliò con Ousmane sopra di lui che lo chiamava. Quanto era passato? Un secondo? Un secolo?

«Come ti senti?»

«Come uno che è caduto dal cielo.»

«Sei stato fortunato. Da questo lato del baobab hanno lasciato delle balle di fieno e tu ci sei cascato sopra. Ce la fai ad alzarti?»

Ibra mosse lentamente un braccio, poi l'altro; una gamba, poi l'altra. Si mise seduto sulla paglia. Si controllò gli arti e il viso con le mani. Tranne qualche graffio qua e là, sembrava tutto a posto. Schiena e collo, illesi.

«Mi avrai anche battuto nella salita, ma nella discesa sei stato un disastro.»

Ibra sorrise, si rimise in piedi e saltò giù a terra. Ousmane radunò la legna che avevano tagliato, la dispose in fasci e caricò il suo cesto.

«Il resto verremo a prenderlo un'altra volta» lo rassicurò Ousmane.

«No, ce la faccio. Porterò anch'io la mia parte di legna. Ehi, Ousmane...»

«Sì?»

«Grazie.»

«Per cosa?»

Per tutta risposta Ibra fece spallucce. Non sapeva nemmeno lui perché lo avesse ringraziato. Raccolse la legna nel suo cesto e seguì Ousmane fino a casa senza dire più niente. Rientrò nella capanna del nonno e provò un gran sollievo. Dopo quella caduta era ancora vivo, ma soprattutto aveva capito di aver trovato un vero amico. Quella sera la casa del nonno gli parve persino bella.

«Be', che c'è? Cos'è quella faccia? Non sei contento?»

Marco, cappuccio della felpa tirato sul capo, sigaretta accesa che penzola sul bordo del labbro inferiore, fissa Ibra allibito.

«Un provino con la Juve. Ti rendi conto? Fossi in te farei i salti di gioia. Invece guardati, sembra che sei appena tornato da un funerale.»

Dalla cima del condominio oggi non si vede un bel niente. Troppa nebbia. Niente palazzoni rossi, niente mura imbrattate di scritte, solo grigio, freddo e umido che ti penetra nelle ossa. Dalla piazzola arrivano gli schiamazzi di alcuni bambini. I loro strilli rimbalzano sulle facciate dei condomini e salgono come garriti di rondini.

Ibra sembra su un altro pianeta.

«Hai presente Jacopo da Lentini?» dice d'un tratto.

«L'ex calciatore?»

«Quello si chiama Gianluigi Lentini, deficiente. Jacopo da Lentini è un poeta siciliano del milleduecento.»

«Aaah, no! Per piacere, niente lezioni di italiano. Lo sai che sono allergico. Predicato verbale, predicato addominale...»

«È *nominale*, non addominale.»

«Per me è lo stesso.»

«Comunque, c'è questo Jacopo da Lentini...»

«No, Ibra, sul serio...»

«C'è questo Jacopo da Lentini che ha scritto una cosa secondo me molto vera...»

«Dio, ti prego, fa' almeno che sia una cosa sul calcio...»

«Sull'amore.»

«Oddìo, che palle. Oggi ti prende male davvero!»

«Sta' zitto un secondo e stammi a sentire. In questo sonetto Jacopo da Lentini scrive: *Amor è uno desio che ven da core per abbondanza di gran piacimento*: l'amore è un desiderio che viene dal cuore e che scaturisce da un grande piacere. Poi dice che i primi a generare l'amore sono gli occhi, ma che è il cuore a nutrire questo sentimento e a farlo esplodere nel petto. Hai capito?»

«No. Hai finito?»

«Aspetta. Jacopo da Lentini scrive anche che gli occhi vedono le cose per come sono fatte realmente, ovvero con i loro pregi e i loro difetti, ma che il cuore prende tutte queste informazioni della persona amata e poi *imagina*, cioè la idealizza. Ed è di questa immagine idealizzata che noi ci innamoriamo.»

«Stai cercando di dirmi che ti sei innamorato... di me?»

«Ma no, imbecille.»

«Però di qualcuno ti sei innamorato.»

«Esatto.»

«E pensi di dirmi di chi o devo sentire un'altra ora di lezione su... come cavolo si chiama?»

«Jacopo da Lentini.»

«Eh, appunto. Allora, chi è la tipa?»

«Hai presente Aurora?»

«Aurora chi?»

«Aurora Elshani.»

«Aurora Elshani? Aspetta un secondo, quella Aurora Elshani? La tua compagna di classe Aurora Elshani? La sorella di Valon Elshani, il capo della gang degli albanesi?»

«Lei.»

Altra boccata di fumo lunga come una quaresima. «Amico, non è affatto una buona idea.»

«Come stavo cercando di spiegarti, l'amore non è una cosa che si decide a tavolino. Succede che uno si innamora e basta.»

«Spero tanto che lei non ti calcoli neanche di striscio.»

Ibra fa una faccia molto eloquente.

«Non mi dire che ci sta.»

«Se vuoi non te lo dico.»

Marco getta il mozzicone giù dal palazzo e scrolla il capo. «Non mi piace. Non mi piace per niente. Ti caccerai in un mare di casini. Devi darci un taglio subito.»

«Non se ne parla.»

«Perché?»

«Perché sono innamorato. Cazzo, ma hai ascoltato quello che ti ho detto?»

«Ma tu sei il cugino di Souleymane. Valon non ti permetterà mai di ronzare attorno a sua sorella. Tra le due gang c'è una guerra in corso. Lo sanno tutti!»

«Che non riguarda me e nemmeno Aurora.»

«E credi che a Valon gliene freghi qualcosa?»

«Aurora ha reso la mia vita più bella e non rinuncerò a lei per niente al mondo. Né per Valon né per la cazzo di Primavera della Juventus.»

«Stai dicendo che non vuoi fare il provino? Ma ti sei bevuto il cervello?»

«Forse, ma mi sta bene così.»

«Ascoltami, torna a casa e fatti una bella dormita, poi domani va' da Aurora tutto bello rilassato e dille: mi dispiace, mi sono sbagliato, sai che c'è? Non se ne fa più niente, ciao ciao, restiamo amici. Cose del genere. E poi fa' quel cavolo di provino e diventa ricco da far schifo.»

«Lo vedi? Adesso ho una ragione in più per odiare il calcio» dice Ibra scrollando il capo.

«Per Aurora? Amico, non so cosa ti abbia fatto il calcio prima d'ora e se non me lo vuoi dire sono cavoli tuoi. Ma lo sai quante ragazze incontrerai quando diventerai un calciatore di serie A? Ti scorderai di Aurora in un nanosecondo.»

Ibra scuote il capo. «Non mi interessa nessun'altra. Io voglio solo lei.»

«Invece la devi lasciare subito, ti dico.»

«Non posso andare da Aurora e lasciarla. Sarebbe come se dicessi a te… di star lontano dalle sigarette perché fanno male. Tu lo sai che ti fanno male, vero?»

«Sì, ma non me ne frega niente.»

«Ecco, appunto. Proprio quella roba lì.»

Dopo quattro anni passati nella regione di Khelcom, Ibra aveva iniziato a considerare il villaggio del nonno come una seconda casa. A undici anni non era più un bambino macilento. La sua corporatura iniziava ad assomigliare a quella di suo padre, robusta e flessuosa, anche grazie alla pratica del Laamb, che nel villaggio era un passatempo comune per i ragazzi. Dopo la recita del Corano gli alunni uscivano nello spiazzo di fronte alla scuola, costruivano le porte con oggetti di fortuna raccattati per la strada e improvvisavano una partita di calcio.

Un pomeriggio fecero le squadre Ibra e Khadim, un adolescente di quattro anni più anziano, alto, di corporatura vigorosa e dallo sguardo fiero. Fino all'arrivo di Ibra era considerato lui il più bravo a calcio. Khadim scelse i suoi giocatori in base alla loro devozione; Ibra invece reclutò i suoi in base alla simpatia. Il primo che chiamò a sé fu proprio Ousmane. Prima di iniziare, Ibra tolse i sandali. Ormai si era abituato a giocare scalzo.

«Chiudete Khadim!» gridava Ibra, mentre il ragazzo avanzava scartando un avversario dopo l'altro. Ousmane tentò di ostacolarlo senza riuscirci. Poco prima che Khadim tirasse in porta, Ibra gli soffiò il pallone da sotto i piedi e partì in attacco.

«Vai, Ibra!» gridavano i suoi compagni.

Ibra vinse un paio di contrasti e dribblò due difensori. Il suo tiro finì nell'angolino più lontano della porta, irraggiungibile per il portiere.

«Goal!» gridarono i compagni di squadra.

«Non è valido» sentenziò Khadim.

«Perché?» chiese Ibra.

«Perché mi hai fatto fallo.»

«Ma se non ti ho neanche toccato!»

«Era fallo. Dobbiamo riprendere dal calcio di punizione.»

«A te non va giù che Ibra abbia segnato» sbottò Ousmane.

«Sta' zitto, moscerino!»

«Sta' zitto tu!»

«Basta!» li interruppe Ibra. «D'accordo, per te c'era fallo? Annulliamo il goal e ripartiamo dal calcio di punizione.»

«Ma non è giusto!» protestò Ousmane voltandosi verso Ibra.

«Non importa. Cerchiamo di divertirci, ok?»

Il gioco riprese. Khadim calciò il pallone talmente forte che al portiere sgusciò di mano e finì in goal.

«Non è giusto!» ripetè Ousmane.

«Non prendertela, adesso rimontiamo» lo rassicurò Ibra battendogli una mano sulla spalla.

Ibra partì subito all'attacco con la palla incollata ai piedi. Gli avversari tentavano di rubargliela, ma lui li evitava agile come un'anguilla. Raggiunse la porta avversaria, il portiere accennò l'uscita e Ibra calciò una palombella morbida che lo scavalcò.

«Uno a uno!» esultò Ousmane.

Ibra venne acclamato dai suoi compagni di squadra. Khadim sbuffò di rabbia, recuperò la palla, la posizionò a centrocampo e riprese il gioco. Ibra lo incalzò subito. Khadim tentò di dribblarlo, fece una finta a destra e scartò a sinistra, ma Ibra non si fece ingannare e intercettò il pallone. Con la coda dell'occhio vide un compagno che scattava all'attacco ed effettuò un assist preciso. Al compagno bastò spiccare un salto, colpire di testa e la palla finì di nuovo in goal. Ousmane era euforico come se stesse giocando il campionato del mondo. A Khadim una tale umiliazione non andò giù. Raccolse un ferro arrugginito da terra e lo puntò dritto sul collo di Ousmane. Tutti si bloccarono come statue di sale. Tra lo sconcerto generale Ibra fu l'unico ad avere il coraggio di parlare.

«Lascialo subito!»

«Voi state imbrogliando.»

«Non è vero!» Ousmane tentò di reagire, ma Khadim lo immobilizzò con facilità, tenendogli puntato quel ferro arrugginito alla carotide.

«Ti prego, non fargli male» implorò Ibra.

«Ti credi tanto più bravo di me?»

«Ibra è cento volte meglio di te!» replicò Ousmane.

«Allora lo dimostri» e, rivolto a Ibra: «Lo vedi quello steccato? Ci sono appoggiati sopra cinque giocattoli. Cinque tiri da dove ti trovi adesso, cinque centri. Se ne manchi solo uno, buco il collo al tuo amico».

Ibra si sentì addosso tutta la responsabilità della vita di Ousmane. Posizionò il pallone a terra e si concentrò sul giocattolo più a sinistra, un Transformer tutto ammaccato e scolorito. Rivolse uno sguardo a Ousmane, quindi fece un respiro profondo, mirò al giocattolo, prese la rincorsa e calciò. Il pallone colpì in pieno il Transformer e gli fece fare un volo all'indietro. Gli altri bambini esultarono. Qualcuno recuperò il pallone e lo riportò a Ibra, che mirò, calciò e abbatté il secondo giocattolo, poi il terzo, il quarto e infine il quinto. Cinque tiri, cinque centri. Ibra sollevò un braccio in segno di trionfo e Khadim lasciò il cortile, sconfitto e sbeffeggiato da tutti.

Quella notte Ibra faticava ad addormentarsi. Nel dormitorio c'era un caldo insopportabile e le mosche avevano ripreso a dargli un gran fastidio. Tutti gli altri studenti già dormivano, invece lui si girava e rigirava nel suo giaciglio senza trovare pace. D'un tratto si sentì afferrare per le braccia. Avvertì il peso di un corpo umano posarsi su di lui fino a togliergli il fiato.

«Adesso te la farò pagare!»

Khadim gli era balzato sopra. Ibra aveva le braccia bloccate sotto le sue gambe e non riusciva a muoverle. Khadim lo colpì al viso con un pugno, poi con un altro. Ibra avvertì in bocca il sapore metallico del sangue. Dimenò gambe e braccia e il fracasso svegliò Ousmane.

«Che succede?»

Nell'oscurità l'amico di Ibra comprese immediatamente che qualcosa non andava. Si alzò dalla sua branda e si gettò su Khadim.

«Lascialo!»

La sua mossa fu provvidenziale. Khadim si sbilanciò e così allentò la presa. Ibra ne approfittò per liberare le braccia e disarcionò il suo assalitore, che ruzzolò a terra. Tutti gli altri studenti nel frattempo si erano svegliati e alla luce della luna che penetrava dalla finestra assistevano al combattimento. Ibra balzò su Khadim e con furia cieca lo tempestò di pugni al viso. La porta del dormitorio si spalancò, il maestro irruppe e puntò la torcia elettrica sui due ragazzi che si picchiavano circondati dagli altri che facevano un tifo indiavolato.

«Fermi! Fermi!»

Il maestro raggiunse a fatica il centro del capannello. Ibra colpiva senza tregua il viso di Khadim ormai gonfio e sanguinante.

«Basta!»

Il maestro afferrò Ibra per un braccio e lo sollevò in piedi. Khadim corse nella sua branda piangendo.

«Sei un demonio!» gridò il maestro inorridito a Ibra.

«Ha cominciato Khadim!» supplicò Ousmane, strattonando l'abito del maestro.

«Filate tutti in branda!» tagliò corto lui e spinse Ibra fuori dal dormitorio. Una volta in cortile, con un filo di ferro gli legò la caviglia destra al tronco di un albero talmente stretta che prese a pulsare quasi immediatamente.

«Sbollirai la rabbia qui fuori.»

Ibra trascorse il resto della notte all'aperto, rannicchiato come un cane al guinzaglio. All'alba si svegliò con la caviglia dolorante. Il fil di ferro gli aveva scarnificato la pelle. Attorno alla ferita il sangue si era mischiato al terriccio. Per tutto il giorno non ricevette né da mangiare né da bere. Solo risate di scherno da parte degli amici di Khadim. A sera Ousmane gli portò un bicchier d'acqua. Quando Ibra vide il suo amico, trasalì. Aveva un aspetto terribile. Zoppicava vistosamente e aveva il viso gonfio, gli zigomi tumefatti, le labbra spaccate e incrostate di sangue.

«Cosa ti è successo?»

«Sono caduto.»

Appena aprì bocca, Ibra notò che Ousmane aveva un incisivo spezzato.

«Non ci credo. Dimmi la verità.»

Ousmane guardò in basso e restò in silenzio.

«Chi è stato? Dimmelo!»

Ousmane continuò a tacere, ma Ibra fu così insistente che gli estorse la verità: «È stato Khadim».

«Maledetto vigliacco!» ruggì Ibra. «Appena il maestro mi libera gliela faccio pagare!»

«No! Ti prego, promettimi che non farai niente. Khadim ha detto che se ti metti ancora in mezzo, la prossima volta mi ammazza.»

«Vuoi fargliela passare liscia?»

«Se sei mio amico, promettimi che non farai niente.»

«Quel vigliacco! Doveva prendersela con me, non con te» disse Ibra.

«Al maestro e a mio padre ho detto che sono caduto. E la cosa finisce qui.»

Ousmane porse il bicchiere d'acqua all'amico con mano tremante e Ibra bevve d'un fiato. Ma quell'acqua aveva un sapore più amaro che mai.

Per buona parte della nottata successiva Ibra tentò invano di soffocare la rabbia che gli bruciava dentro. Solo la fame e l'arsura lo spossarono a tal punto da farlo crollare addormentato.

Proprio quella notte sognò sua madre. Si trovavano nel loro appartamento in Italia. Lei era seduta sul divano e indossava l'abito tradizionale dei giorni di festa, il capo avvolto in un turbante decorato con motivi floreali. Ibra stava in piedi di fronte a lei. Sua madre aveva un viso in salute e i bei lineamenti armoniosi, ma il suo volto esprimeva un certo turbamento.

"Sei arrabbiata con me, mamma?"

"Sono triste per quello che è successo al tuo amico."

"Ho cercato solo di aiutarlo."

"Rifletti, figlio mio: al campo hai accettato la sfida di Khadim per salvare Ousmane o per dimostrare la tua bravura?"

"Te l'ho detto, volevo aiutare il mio amico."

"Perché allora non hai chiamato il maestro?"

"Perché Khadim mi avrebbe preso per un vigliacco."

"Quanto vale la parola di un invidioso, figlio mio? Hai accettato la sua sfida, ma nel farlo ti sei abbassato al suo livello.

Hai lasciato che Khadim conducesse il gioco secondo le sue regole e hai messo a repentaglio la vita del tuo amico."

La madre guardò Ibra delusa e tacque un istante.

"Sii sincero, adesso vorresti vendicare Ousmane?"

"Più di ogni altra cosa."

"Solo chi cammina nel deserto dell'odio ha sete di vendetta, figlio mio."

A quelle parole Ibra si sentì triste e confuso. Un rumore alle sue spalle, forse provocato dal padre in cucina, distolse la sua attenzione per un istante. Quando si voltò di nuovo, sua madre era scomparsa. Ibra avvertì un grande senso di solitudine. Si svegliò di colpo e si passò una mano sulle guance rigate di lacrime. La rabbia nel suo cuore ribolliva ancora, ma cercò di tenerla a bada.

"Non vendicherò Ousmane, se è questo che vuole la mamma. Ma se il mio talento è stato la causa di tanti guai, non giocherò mai più a calcio."

Dopo due giorni di punizione il maestro liberò Ibra dal fil di ferro. La sua caviglia era segnata da un'abrasione viva.

«Ti rimarrà il segno» osservò il maestro, «così non dimenticherai la lezione. Tuo nonno sta per arrivare.»

Ibra attese con apprensione e al suo arrivo il maestro condusse il nonno in una stanza all'interno della scuola. Ibra li spiò da fuori attraverso una finestra chiusa. Vide il maestro versare del caffè Touba fumante in due tazze e poi i due parlarono a lungo. Il nonno di tanto in tanto annuiva gravemente. Infine si alzarono, si strinsero la mano e il maestro lo congedò. Il nonno uscì dalla scuola, raggiunse Ibra, lo prese per mano e gli disse soltanto: «Vieni, andiamo».

Ibra non riusciva a immaginare come sarebbero andate le cose. Il nonno lo avrebbe chiuso in casa e non lo avrebbe fatto più uscire? Perché non lo aveva ancora sgridato?

«Nonno, ti chiedo perdono...»

Il vecchio fece un cenno con la mano e lo interruppe. «Parleremo dopo.»

Proseguirono senza dire più niente. Giunti a casa Ibra si fermò. Il nonno invece tirò dritto.

«Perché ti sei fermato?»

«Siamo arrivati...»

«Non ancora. Seguimi.»

Il vecchio spalancò il portello dell'ovile e fece uscire le capre. Camminarono a lungo, finché arrivarono alla solita prateria nei pressi dell'enorme baobab. Lì Ibra temette che il nonno con il suo bastone da pastore gli avrebbe dato una bella lezione, invece non gli torse neanche un capello. Ibra badò diligentemente alle capre e quando fu il momento del pasto si sedette con il nonno all'ombra del baobab. Mangiarono il formaggio e bevvero il latte. Ibra ne trasse un gran sollievo. Gli pareva di non mangiare da un secolo. Terminato il pasto sollevò l'orlo dei jeans ed esaminò la caviglia scorticata.

«Ti fa male?»

«Brucia.»

Dopo quel breve scambio non si dissero altro, anzi, al riparo dal solleone il nonno appoggiò la nuca al tronco e si appisolò. Poco dopo anche Ibra fece lo stesso e al suo risveglio si trovò rannicchiato a terra con il nonno che lo fissava seduto sulla solita radice del baobab.

«Hai parlato nel sonno. Dovevi essere distrutto. Vieni, dammi una mano con le capre.»

«È già ora di tornare?»

«Non vedi che è quasi il tramonto?»

Tutte le capre si lasciarono radunare docilmente, tranne i due montoni, che non avevano intenzione di ubbidire ai pastori. Erano molto eccitati e così finirono per sfidarsi. Si fronteggiarono l'un l'altro, presero la rincorsa e si scontrarono. Le loro corna cozzarono e risuonarono nella prateria come un tuono. Ripeterono la carica più volte, finché uno dei due non abbandonò, decretando la vittoria dell'altro.

«Cosa ti hanno appena insegnato questi due animali?» chiese il nonno.

«Veramente non saprei...»

«Io ho imparato due lezioni importanti.»

«E quali?»

«La prima è che i caproni si prendono a testate per vedere chi è il migliore.»

«E la seconda?»

«Che gli uomini devono usare la testa in un altro modo, se non vogliono essere come i caproni.»

«Adesso ho capito» disse Ibra.

«Sei proprio come tuo padre. Hai nel petto un Gaynde, un leone dalla forza immensa. Ma se lasci che sia la sua rabbia a guidare le tue azioni, quella forza ti porterà alla rovina.»

«Io non la voglio questa forza.»

«Non puoi rifiutarla. È un dono di Allah.»

«Si vede che Allah mi disprezza. Il suo dono mi ha causato un mucchio di guai.»

«I doni di Allah sono sempre buoni. Tocca a noi imparare a usarli al meglio. Ricordatelo, visto che torni in Italia.»

«Davvero? Torno in Italia?»

«Tuo padre ha deciso così. Sarà qui tra pochi giorni.»

Ibra scrutò il panorama, l'infinita distesa di erba della savana, le acacie e l'enorme baobab. Di colpo si sentì travolto da una malinconica felicità.

«Mi mancherai.»

«Mi mancherai anche tu, Cheikh Ibra» rispose commosso il vecchio.

Aurora è appena rientrata in casa. Ha passato un altro pomeriggio magnifico nel chiostro della biblioteca in compagnia di Ibra. Entra in bagno, si spoglia e fa una doccia. Si asciuga, va in camera, indossa la tuta e si stende sul letto. Non riesce a togliersi il sorriso dal volto. Rivolge uno sguardo all'origami e alla sua rosa sul comodino. Afferra lo smartphone e invia un messaggio a Ibra.

Ti penso.

Ti penso anch'io.

Cosa fai?

Niente di particolare. Tutto bene lì?

Mi fai stare bene.

Mai quanto mi fai stare bene tu.

Mi manchi.

Anche tu. Non sai quanto.

Anche se non ci vediamo da un'ora?

Sì.

🥰

Come sta l'airone?

Bene. È qui accanto a me sul comodino. Ti saluta.

Ricambia.

Ok. Come si dice airone in senegalese?

In wolof, vuoi dire.

In wolof, sì.

Si dice toor-toor.

Allora: Ibra ti saluta, toor-toor.

È contento della sua nuova casa?

Contentissimo.

Lo credo, passa tutte le notti con te!

Aurora ride.

Anche a te piacerebbe passare le notti con me?

Mah, insomma…

Che STRONZO!

Aurora ridacchia divertita.

Ovvio che scherzavo! 🤣

Sì, avevo capito 🤪

All'improvviso la porta della camera di Aurora si apre ed entra Valon.

«Non si bussa?» lo rimprovera Aurora, portandosi il display sul petto.

«Stavi ridendo?»

«Sì, e allora?»

«Con chi ti scrivi?»

«Non sono affari tuoi.»

«Fai la misteriosa?»

«Mi scrivo con Lisa, va bene?»

«Chi è Lisa?»

«La mia compagna di banco.»

Valon annuisce e fa per uscire, ma Aurora lo richiama.

«La prossima volta aspetta il mio permesso, prima di entrare. Hai capito?»

«Va bene, scusa.»

Aurora riprende lo smartphone in mano. Legge l'ultimo messaggio di Ibra e le si mozza il fiato in gola.

Ti amo, Aurora.

Stesa sul letto con lo smartphone tra le mani rimane imbambolata a rileggere quell'ultimo messaggio. Il cuore le galoppa nel petto come un branco di cavalli selvaggi.

Aurora, tutto ok?

Sì, scusa, era entrato in camera mio fratello.

«Che stupida! Lui mi scrive "ti amo" e io gli scrivo di mio fratello?»

Cancella il messaggio, fa per scriverne un altro: "Ti amo anch'io", ma Ibra è più veloce e le invia un altro messaggio.

Sicura che è tutto ok?

Mi stavo riprendendo. Guarda che non ricevo tutti i giorni messaggi del genere.

Vorrei ben vedere!

Aurora sorride.

Grazie.

Cosa vorresti adesso?

Vorrei vederti, abbracciarti, baciarti...

Allora vieni da me.

Dove?

Sono sotto casa tua.

Aurora strozza sul nascere un grido di sorpresa.

Mi prendi in giro?

No, sono qui sotto. Scendi.

E cosa dico ai miei?

Che vai a fare una passeggiata.

Eh sì, da sola?

Allora dì che hai dimenticato una cosa nel cestino della bici.

Ma così posso stare solo un secondo.

Meglio vederti un secondo che zero secondi.

Aurora non se lo fa ripetere due volte. Mette le scarpe, esce in corridoio con un libro nascosto sotto la felpa e infila il giubbotto.

Sua madre si affaccia dalla cucina. «Dove vai?»

«A prendere un libro che ho dimenticato nel cestino della bici.»

«A quest'ora te l'avranno già rubato.»

«Chi è che ruba un libro?»

La madre alza lo sguardo al cielo. «Fa' svelta!»

Aurora esce e si chiude la porta alle spalle, chiama l'ascensore e quando le porte scorrevoli si aprono, trova Ibra.

«Sei pazzo?»

«Sì, pazzo di te.»

Aurora entra in tutta fretta nell'ascensore e pigia il tasto del piano terra con il palmo della mano. Le porte si chiudono alle sue spalle. Aurora abbraccia Ibra e lo bacia sulle labbra.

Giunti al piano terra si spostano sul retro del condominio.

«Stiamo rischiando grosso.»

«Non ce la facevo a starti lontano.»

«Anch'io morivo dalla voglia di vederti. Dammi solo un secondo...»

Estrae lo smartphone e avvia una chiamata.

«Mamma, ho trovato una mia amica. Ci facciamo un giro qua attorno... Sì, torno subito, non ti preoccupare. Ciao.»

Ibra le rivolge uno sguardo complice.

«Così abbiamo un po' più di tempo. Vieni, allontaniamoci. Qui ci possono vedere da casa mia.»

Ibra e Aurora svoltano verso una stradina che porta alla polisportiva. Nei pressi del parcheggio si dirigono nel cortile adiacente della scuola primaria che dà le spalle alla palestra. Lì a quest'ora non c'è nessuno. Svoltano un angolo tutto imbrattato di graffiti. Al riparo dalla luce dei lampioni si abbracciano e si baciano ancora. Aurora è così felice che quasi si commuove. Le mani di Ibra le sfiorano i fianchi e s'infilano sotto il giubbotto. Aurora lascia fare. Ibra la stringe a sé e la bacia ancora.

«Eccoli qui, i due piccioncini!»

Ibra e Aurora trasaliscono. Dal nulla è comparso Valon a pochi passi da loro.

«Cosa ci fai tu qui?» esclama Aurora stringendosi a Ibra.

«Vi ho disturbati?»

«Mi hai seguita!»

Alle spalle di Valon sbucano cinque brutti ceffi. Due di loro hanno una stazza notevole, uno ha le treccine alla Ghali e l'altro la faccia disseminata di tatuaggi. Entrambi hanno l'aria di chi ha una gran voglia di menare le mani.

«Ehi, non voglio casini...» interviene Ibra piazzandosi davanti ad Aurora.

Valon gli si avvicina con aria sprezzante. È più basso di statura, tuttavia si mostra molto sicuro di sé.

«A me invece sembra proprio che tu non desideri altro. Sei nella *mia* zona senza il *mio* permesso. E per di più con mia sorella...»

«Quello che faccio io non ti riguarda» dice Aurora sbucando da dietro le spalle di Ibra.

«Ragazzi, non vorrete che ci mettiamo nei guai, vero?» dice Ibra.

«Tu sei già nei guai, amico» ribatte Valon.

«Non chiamarmi *amico*. Ho un nome, mi chiamo Ibra.»

«D'accordo, Ibra» lo schernisce Valon. «Vuoi che risolviamo con le buone? Dovrai pagarmi.»

«Neanche per sogno.»

«Cerca di capire: non posso chiudere un occhio per te. Ci sono delle regole. Non puoi pisciare nel mio stagno e poi farla franca come se niente fosse.»

«Valon, ti prego. Non è successo niente» si intromette Aurora.

«Questo posto non è tuo» ribatte Ibra.

Valon gli si avvicina ancora. Sono a un passo l'uno dall'altro.

«Non ti avvicinare più» lo ammonisce Ibra.

«Altrimenti?»

In quel preciso istante un gruppo di ragazzi vestiti di nero sbuca dall'oscurità e travolge i cinque compagni di Valon. A stento Ibra crede ai suoi occhi quando nel mezzo della mischia distingue una sagoma familiare.

«Souleymane!»

Suo cugino e i ragazzi della gang africana lottano come iene. I compari di Valon colti di sorpresa soccombono in pochi istanti. Due di loro rimangono a terra privi di sensi.

Valon bestemmia, accenna a una reazione, ma Souleymane gli si scaglia addosso. Valon non regge l'urto. Entrambi cadono sul ghiaino e rotolano l'uno sull'altro.

«Fermatevi!» grida Aurora.

Valon non è tipo da arrendersi, si libera dalla presa e proietta Souleymane schiena a terra. Poi estrae un coltello a scatto. La lama brilla alla luce fioca dei lampioni. I compagni di Souleymane accorrono, ma Valon punta la lama contro il loro capo.

«Ancora un passo e lo apro in due!»

Valon si compiace delle espressioni di impotenza dei compagni di Souleymane. Quanto a quest'ultimo, non può fare altro che alzare le braccia sopra la testa.

«Così, bravo» lo schernisce Valon.

Aurora si avvicina a suo fratello, lo afferra per un braccio e lo strattona.

«Basta, non fare pazzie!»

Valon la spinge via bruscamente. Aurora cade e batte la testa contro il marciapiede. Alla vista di Aurora a terra, Ibra perde il controllo. Il Gaynde, il leone che dormiva nel suo petto, si sveglia di soprassalto e fa tremare la terra con un ruggito. Si avventa contro Valon e lo scaraventa lontano da Souleymane. Valon tenta di colpirlo, ma il Gaynde con una zampata gli fa volare il coltello di mano.

Aurora si riprende e vede il Gaynde intento a colpire suo fratello con una furia tremenda. Valon in qualche modo si divincola, si rimette in piedi e si scaglia a mani nude contro di lui. Sferra due, tre pugni, ma il Gaynde schiva con rapide rotazioni del busto. Valon non vede nemmeno arrivare il pugno allo stomaco che lo piega in due. Risponde colpendo il Gaynde al volto. Alla vista del sangue i due si eccitano sempre più e anziché infiacchirsi, diventano ancora più feroci. La gang di Valon e quella di Souleymane assistono allo scontro parteggiando per i rispettivi campioni. Aurora osserva esterrefatta i duellanti. La loro sfida è divenuta mortale, come quella di un leone e di un bufalo che, venuti allo scontro, smetteranno di lottare solo quando uno dei due cadrà a terra senza vita.

Ma Valon con uno sguardo coglie lo smarrimento di Aurora e recupera la sua perfida astuzia. Sputa un grumo di terriccio misto a sangue e gioca la sua ultima carta.

«Lo vedi, sorella? Avevo ragione...»

«Di cosa parli?»

«Il tuo ragazzo ti ha presa in giro. Ha detto che ti amava, ma ti voleva solo per attirarmi in una trappola.»

«Non è vero, Aurora. Sta mentendo!» ringhia Ibra.

Aurora lo fissa sgomenta.

«Questo vigliacco si è approfittato della tua ingenuità» insiste Valon. «Ti avevo avvertita e tu non mi hai creduto, ma adesso lo hai visto con i tuoi occhi...»

Ibra torna in sé. Ogni proposito di continuare la lotta è svanito di colpo. Fa per andare verso Aurora, ma lei sussulta.

«Ti prego, non ti avvicinare!»

«Non devi credergli» la implora Ibra. «Non desidero altro che stare con te.»

«Io non so più chi sei veramente» gli dice Aurora confusa.

«Attento!» grida Souleymane.

Valon ha approfittato di quella distrazione per recuperare il coltello e allungare un fendente. Ibra fa appena in tempo a scansare, ma la lama gli lambisce il braccio destro. Da lontano si sentono le sirene della polizia.

«Andiamocene!» ordina Valon ai suoi e afferra la mano di Aurora. «Sono qui per proteggerti come quando eravamo bambini. Vieni con me, sorellina!»

Valon e la sua gang malconcia se la svignano di corsa e Aurora scappa con loro. Souleymane vorrebbe chiudere i conti, ma non c'è tempo. Le sirene della polizia strillano sempre più vicine. L'ultimo sguardo che si scambiano Ibra e Valon sprizza scintille.

«Cosa ci fate voi qui?» chiede Ibra voltandosi verso suo cugino.

«Ti abbiamo salvato le chiappe...»

«Hai combinato soltanto un gran casino.»

«Filiamo via. Gli sbirri ci sono alle costole.»

«Mi hai usato per attaccare Valon» dice Ibra.

«Ti tenevamo d'occhio solo per proteggerti.»

«Perciò adesso dovrei ringraziarti?»

Pneumatici che fischiano. Due pattuglie della polizia inchiodano al cancello della scuola. Una mezza dozzina di agenti esce dalle volanti. Le loro torce puntano verso l'angolo dell'edificio che dà sul cortile.

Souleymane fa un cenno ai suoi. «Scavalchiamo la ringhiera. Scappiamo attraverso i campi!»

Tutti si muovono verso l'angolo più buio del cortile, oltre il quale si apre un ampio terreno agricolo. Ibra rimane immobile. Prima di scavalcare, Souleymane si volta verso di lui.

«Cosa fai lì impalato? Muoviti!»

I passi degli agenti si fanno sempre più vicini. Ibra si riscuote e scatta verso la ringhiera, la scavalca agilmente e con un balzo atterra sul terreno dissodato di fresco. I poliziotti intimano l'alt, ma nei fuggitivi sortiscono l'effetto contrario. Souleymane, i suoi compari e Ibra filano via come razzi. I poliziotti illuminano la ringhiera con le torce elettriche, ma dei teppisti non c'è più neanche l'ombra.

Nel buio Ibra corre come il vento. Ha preso una direzione diversa da quella degli altri fuggitivi. Nell'aria fredda soffia sbuffi di vapore. Tasta la manica destra del giubbotto e si rende conto che è impregnata di sangue. Andare all'ospedale sarebbe come consegnarsi alla polizia, perciò deve pensare a un'altra soluzione. E lo deve fare in fretta. Abbandona i campi, percorre ansante una stradina asfaltata e raggiunge un corpo di villette a schiera. È il primo nucleo di un quartiere dormitorio in via di espansione. Per strada non c'è anima viva. Finestre illuminate, televisori a tutto volume. La sirena degli sbirri. Ibra si nasconde in un vicolo al riparo dalla luce dei lampioni. L'auto della polizia sfreccia lungo il vialetto. Ibra tira un sospiro di sollievo e digita un messaggio a Marco.

Sei sveglio?

Sì. Che c'è?

Posso venire da te?

È successo qualcosa?

Poi ti spiego.

Va bene. Vieni.

Ibra infila lo smartphone nella tasca posteriore dei pantaloni. Il suo pensiero va ad Aurora. A volte il destino sa essere bastardo. In meno di mezz'ora lui e Aurora sono passati da «ti amo» a «non so più chi sei veramente».

È mezzanotte passata. La mamma di Marco esce dalla sua camera con una vestaglia azzurrina. Ha i capelli arruffati e due borse sotto gli occhi che potrebbe farci la spesa. Stava dormendo il sonno dei giusti. Ieri dopo il lavoro era corsa al centro commerciale, poi in volata dal meccanico per una spia dell'auto che si era accesa all'improvviso e infine aveva preparato la cena, fatto due lavatrici, stirato e rassettato l'appartamento in disordine come per effetto del passaggio di un uragano. Infine era crollata bocconi sul divano e da lì il buio totale. Non ricorda nemmeno quando si è spostata in camera da letto. Lo squillo del citofono e la voce di suo figlio l'hanno appena ricatapultata nel mondo dei vivi.

Marco apre la porta di casa. Sul pianerottolo c'è Ibra con il viso tumefatto e il sangue che gli gocciola dalla mano destra.

«Che diavolo ti è successo?»

«Bisogna fermare l'emorragia» dice la madre di Marco e corre in bagno. Dopo qualche istante torna all'ingresso e avvolge il braccio di Ibra con un asciugamano.

«Entra e siediti.»

Ibra si sposta in salotto e si accomoda su una sedia.

«Togli il giubbotto e il maglione. Prendo il kit del pronto soccorso.»

Ibra obbedisce e rimane in canottiera. Adesso che può vederlo bene, il taglio sul braccio è piuttosto profondo.

«Chi è stato?» chiede Marco.

«Sono finito su una lamiera per sbaglio.»

La madre di Marco si siede accanto a Ibra. Ha con sé disinfettante, garze, tamponi, ago e filo da sutura.

«Perché non sei andato all'ospedale?»

Nessuna risposta da parte di Ibra.

«Questa è una ferita da arma bianca» sentenzia la madre. «E sei anche fortunato che non ha reciso vene o arterie importanti, altrimenti neanche t'immagini in quanto poco tempo saresti morto. Quanti ragazzi vedo arrivare al Pronto Soccorso in queste condizioni! Allora, si può sapere che ti è successo veramente?»

«Come ho già detto, sono finito su una lamiera.»

«Va bene, ho capito. Adesso sta' fermo, devo metterti i punti alla svelta. Se perdi altro sangue dovremo andare all'ospedale per forza.»

La madre di Marco ha una mano delicatissima. Disinfetta, cuce la ferita senza fargli alcun male e avvolge il braccio con un bendaggio ben stretto.

«Voilà. L'antitetanica ce l'hai?»

Ibra annuisce.

«Dovrai prendere comunque un antibiotico. Domani va' dal tuo medico e fatti fare una ricetta.»

«E cosa gli racconto?»

«Digli che devi fare la ricostruzione della gengiva e che il dentista ti ha detto di farti prescrivere l'antibiotico per il post intervento. Nei prossimi giorni non fare sforzi di nessun tipo e mangia carne rossa. Devi fare sangue.»

«La ringrazio.»

La madre di Marco fa un cenno di assenso col capo e si alza in piedi.

«Adesso vado a pulire il sangue sul pianerottolo e sulle scale. Qualcuno potrebbe pensare che abbiamo scannato un montone.»

Rimasti da soli, i due ragazzi si scambiano uno sguardo.

«Tua madre s'incazza se le chiedo di dormire qui stanotte?» chiede Ibra a Marco.

«Forse è meglio se glielo chiedo io.»

Marco va all'ingresso, dove sua madre sta già dando di gomito sul pavimento.

«Non se ne parla! Non sappiamo nemmeno in che guai si è cacciato.»

«Ma mamma, qualunque cosa abbia fatto, siamo già suoi complici...»

«Parla piano! Vuoi farti sentire dai vicini?» lo rimprovera interrompendo lo strofinamento e passandosi il dorso della mano sulla fronte.

«Sono così stanca che dormirei per una settimana intera. Invece guarda qua, all'una del mattino sto togliendo il sangue del tuo amico dall'ingresso di casa.»

«Conosco troppo bene Ibra. Se è venuto fin qui, vuol dire che non aveva altra scelta. Ti prego, facciamolo restare. Solo per stanotte.»

Lei ci pensa su.

«Ma domattina se ne va via presto.»

Letto sfatto, abiti sparpagliati ovunque, computer portatile che gracida in stand by. La radiosveglia sul comodino segna l'una e tre quarti del mattino.

Ibra ha gli zigomi leggermente gonfi e qualche graffio. Lavato via il sangue, le ferite al volto non sembrano poi tanto gravi.

Marco si sveste, s'infila il pigiama e ne passa uno pulito al suo ospite. Ibra ha un'aria da cane bastonato. Marco si siede su un angolo del letto. Ibra si cambia e si accomoda sulla poltrona da pro player. Marco sbadiglia fino alle lacrime.

«Ti va un bicchiere di latte?»

«No, grazie.»

«Biscotti?»

«Sono a posto.»

Marco si alza, si stiracchia e si trascina verso la porta a piedi scalzi.

«Dove vai?»

«A prendere latte e biscotti.»

«Ma ti ho detto che non ne voglio.»

«Li prendo per me. Posso?»

«Ah, sì, certo. Scusa.»

Marco abbassa la maniglia e apre la porta.

«Ehi…» sussurra Ibra.

«Cosa vuoi?»

«Ho cambiato idea. Portane anche a me.»

«Lo sapevo. Ché, non ti conosco?»

Alla parete di fronte alla finestra è appesa una Fender Stratocaster bianca.

Marco torna in camera con un vassoio, due bicchieri di latte caldo e un pacco di biscotti formato famiglia.

«Non sapevo che suonassi la chitarra.»

«Infatti non la suono. Era di quel coglione di mio padre. Me l'ha regalata quando ha capito che non sarebbe mai diventato una rockstar. Voleva che ci provassi io, tipo per prendersi la rivincita con il destino. In pratica mi ha regalato un sogno infranto. Da non credersi! E come vedi io il suo sogno l'ho messo dove è giusto che stia. Appeso al muro.»

Il latte caldo è un sollievo e i biscotti sembrano il cibo degli dei, anche se sono di sottomarca e per giunta quasi scaduti.

«Adesso mi vuoi raccontare in che casino sei finito?»

Ibra fa un resoconto di quello che gli è capitato. Marco ascolta in silenzio e senza interrompere l'amico. Alla fine però non ce la fa a star zitto.

«Posso essere sincero con te?»

«Immagino di sì.»

«Prima però promettimi che non ti arrabbi.»

«Promesso.»

«D'accordo. Sei stato proprio un cretino a cacciarti in un casino del genere.»

Ibra, i gomiti puntati sulle cosce, fissa il bicchiere vuoto che stringe tra le mani.

«Hai ragione.»

«Si può sapere cosa cavolo sei andato a fare a casa di Aurora?»

«Lo so, lo so! Ho agito da incosciente. E adesso Aurora non si fida più di me.»

«Come fai a esserne sicuro?»

«Mi ha detto che non sa più chi sono.»

«Hai controllato il telefono? Non ti ha mandato messaggi?»

Ibra estrae lo smartphone dalla tasca posteriore dei pantaloni e controlla il display. Scuote il capo.

«Zero.»

«Allora scrivile tu.»

«Ho paura che Valon le controlli il telefono. E poi non so cosa scriverle.»

«E quindi?» chiede Marco sospirando.

«E quindi ho combinato un casino.»

«E quindi?»

«*E quindi* cosa, Marco? *E quindi*: mi sa tanto che con Aurora è finita. Ti sembra poco?»

«Sshh! Parla piano. I vicini sono dei rompipalle allucinanti. Io comunque ti avevo avvertito.»

«Per piacere, adesso non attaccare con i tuoi *ti avevo avvertito*.»

«Va bene, va bene» dice Marco e fa una pausa. «Però ti avevo avvertito.»

«Smettila. Non sono in vena.»

Marco a quel punto perde la pazienza.

«No, sono io che non sono in vena!»

«Calmati! Perché ti scaldi tanto? Sono io quello nei casini, non tu.»

«No che non mi calmo! L'altro giorno ti ho detto la mia, ma tu hai fatto comunque di testa tua. Quindi adesso mi stai a sentire. Dovresti concentrarti solo sul provino. Invece che cosa fai? Te ne vai in giro di notte a provocare una gang di teppisti e ti fai quasi amputare un braccio. Sai che c'è? Non è giusto!»

«Che ne sai tu di cosa è giusto per me e di cosa non lo è?»

«Per te? Vedi che non capisci niente? Tu quel provino lo devi passare non solo per te stesso, ma anche per me.»

«Come?»

«Tu hai questo talento pazzesco e lo butti nel cesso. Ti immischi nelle beghe dei bassifondi e ti fai accoltellare pur avendo l'occasione di dare una svolta alla tua vita. Quel provino lo devi passare per me, che sono tuo amico e che per te voglio solo il meglio. Io non ce l'avrò mai un'opportunità come quella che ti è stata offerta, ma se tu ce la farai, realizzerai un sogno che è anche mio. Come fai a essere così cieco? Perché non vuoi capire che sei un ragazzo fortunato?»

«La sfiga mi perseguita da tutta la vita e tu mi chiami fortunato?»

«Sì, pezzo di coglione! E se non fai quel provino, manchi di rispetto a me e a tutti quelli che ti vogliono bene e che vorrebbero essere al tuo posto.»

Ibra abbassa la testa, poi risolleva lo sguardo e incontra quello di Marco. I suoi occhi chiarissimi sono velati di lacrime.

«Non credevo di essere così importante per te.»

«Tu per me sei un fratello. E sei quello che può realizzare i sogni per me impossibili. Non puoi deludermi. Nel corso della mia vita già in troppi lo hanno fatto, a cominciare da mio padre e mia madre, quando si sono separati. Non puoi farlo anche tu. Non so se riuscirei a sopportarlo.»

«Mi dispiace davvero. Ti chiedo scusa.»

Ibra e Marco si sdraiano l'uno accanto all'altro, spengono la luce e provano a dormire. Nel buio Ibra pensa che c'è del comico nell'assurdità della situazione.

«Se passo quel provino potrò avere ogni cosa che tu sogni da sempre. Eppure l'unica cosa che voglio è Aurora. E forse l'ho perduta per sempre.»

Marco non dice niente. Ibra lo sente rannicchiarsi nella sua parte di letto ed emettere un sospiro. Poi più niente.

La madre di Marco entra in camera dei ragazzi di buon'ora. I due stanno ancora dormendo profondamente.

«Come diamine avete fatto ad addormentarvi in quel letto striminzito?»

«Ero distrutto...» bofonchia Ibra stropicciandosi gli occhi.

«Alzati, dài. Il mio turno in ospedale inizia tra poco e a quest'ora c'è il mondo per strada. Se esco anche solo un minuto dopo il previsto, al lavoro ci arrivo dopodomani.»

«Dove andiamo?»

«In salotto. Ti cambio la medicazione.»

La madre di Marco controlla la ferita. «Non sembra essersi infettata. E i punti hanno fermato l'emorragia.»

Rapida e precisa disinfetta, cambia la fasciatura e chiude il bendaggio con cura. Mette a posto il kit, ma ha un'aria malinconica.

«Assomigli molto a tua madre.»

«Davvero?»

«Hai i suoi stessi occhi. Quando eravate piccoli i miei turni all'ospedale erano massacranti. Tua madre si offriva sempre di tenere Marco a casa vostra e gliene ero grata, perché non mi andava di lasciarlo con quel buono a nulla di suo padre. In pratica tu e Marco siete cresciuti come fratelli.»

«Me lo ricordo. Era divertente.»

«Avete dormito insieme un sacco di volte... e guarda adesso, siete diventati due colossi. Tua madre ti amava tanto, lo sai?»

«Sì, lo so.»

«Voleva che non scordassi mai chi sei.»

Ibra guarda in basso. La madre di Marco invece guarda l'orologio.

«Madonna com'è tardi! Devo andare. Tu stamattina va' dal medico per l'antibiotico. Ci vediamo tra una settimana per togliere i punti. Mi raccomando, nei prossimi giorni riposo assoluto.»

Marco esce dalla sua camera. «Ma, mamma, deve allenarsi. Ha un provino importante!»

«Non se ne parla nemmeno. Non può rischiare di prendere traumi. Deve recuperare le forze e nutrirsi a-de-gua-ta-men-te.»

«Il kebab è *adeguatamente*?» chiede Ibra con una smorfia sarcastica.

«No, non lo è.»

«Perché non lo facciamo restare qui da noi?» propone Marco.

«Non lo so. Dovrei prima parlarne con suo padre...»

«E dài, mamma! La signora Gaye mi ha ospitato da loro così tante volte!»

«Hai ragione» dice sua madre. Poi, rivolta a Ibra: «Ma prima devo sentire tuo padre per sapere se è d'accordo. E bada che non lo faccio per te. Mi sento in debito con tua madre, che era una santa. Appena posso faccio un colpo di telefono a tuo padre. Tu nel frattempo tornatene a casa e riposa. Adesso devo proprio scappare. Ah, quasi dimenticavo! Se dovesse salirti la febbre, corri subito all'ospedale. Con le infezioni non c'è da scherzare».

«Va bene, signora. Grazie.»

«Prima di uscire, fa' una colazione abbondante. Latte, biscotti, burro, marmellata, prendi tutto quello che c'è in dispensa. E non uscire con i tuoi vestiti sporchi di sangue. Marco ti presterà qualcosa di suo.»

«D'accordo.»

La madre di Marco infila il cappotto, prende la borsa, le chiavi dell'auto e apre la porta di casa. «Mi raccomando, Ibra, ricorda quello che ti ho detto. Non dimenticare mai chi sei.»

«Non lo dimenticherei, se solo lo sapessi» risponde Ibra malinconico.

«Noi tutti siamo quello che facciamo» ribatte la madre di Marco.

«Se è così, sono un disastro.»

«Ecco. Forse sarebbe il caso di cambiare. Non credi?»

La notizia di una rissa nel quartiere delle case popolari ha fatto il giro del web. Sulla pagina Facebook "Sei di Portononcello se..." non si parla d'altro. Foto delle tracce di sangue nel cortile della scuola. Commenti dei residenti esasperati. Le ansie delle mamme degli alunni della scuola. Le rassicurazioni della dirigente scolastica. La promessa di un impegno maggiore del sindaco. Sulla tv locale Teleportononcello le forze dell'ordine hanno annunciato una stretta sul crimine locale. Ma da quanto Ibra è riuscito a capire, anche i fratelli di Valon se ne sono stati alla larga dall'ospedale e gli sbirri non hanno la minima idea di chi si sia azzuffato con chi.

Ibra è passato dal medico di buon'ora per l'antibiotico ed è appena rientrato a casa. Suo padre è già al lavoro. Ibra ingoia una pastiglia di antibiotico, beve un sorso d'acqua e si butta sul divano. Afferra lo smartphone. Vorrebbe avvisare suo padre che è a casa e che sta bene, ma poi ci ripensa e posa il telefonino sul bracciolo.

Non fa che pensare ad Aurora. Vorrebbe mandarle un messaggino per cercare di chiarire tutto. Ma lei come la prenderebbe? Dopo quello che è successo, forse un messaggio non è la soluzione migliore. A parte il fatto che Valon le terrà sicuramente il telefono sotto controllo, non gli vengono nemmeno le parole giuste. Un'enorme spossatezza lo fa sprofondare sul divano. Gli tornano in mente i fatti di ieri. Lui e Aurora appartati nel cortile della scuola, l'arrivo improvviso di Valon, le minacce, l'assalto della gang di Souleymane. Aurora che cade a terra, la rabbia che gli si accende nel petto, la lotta furibonda. Lo sguardo inorridito di Aurora, il cuore che gli si spezza. La coltellata al braccio, il dolore, il sangue, la fuga attraverso i campi. Il flusso di pensieri è interrotto dal trillo della suoneria. Ibra si fionda sullo smartphone. Sperava fosse Aurora, invece è Marco.

Tutto ok dal medico?

Sì, tranquillo, tutto ok.

Marco fa l'istituto alberghiero, che dista parecchio dal professionale. Non può nemmeno chiedergli di andare a controllare se per caso Aurora è a scuola. Sarebbe meglio lasciar passare un po' di tempo, ma la lontananza brucia più della ferita al braccio. Ibra non resiste, afferra il telefonino, apre Whatsapp e seleziona Aurora. Scrive qualcosa, poi cancella. Scrive ancora e ancora cancella. Non riesce a trovare le parole. Ma non ce la fa nemmeno a non scriverle.

Scrive e cancella.

Scrive e cancella.

Non riesce a levarsi dalla mente l'espressione spaventata di Aurora della sera prima. La situazione è molto delicata. Meglio fare attenzione con i messaggi. Niente rimette insieme quello che le parole dividono. Sono come i diamanti, le parole, belle e splendenti; ma coi diamanti ci puoi anche tagliare il granito.

Dopo numerosi tentativi Ibra decide di lasciar perdere. Sul suo setaccio non rimane nessuna pepita d'oro, ma solo fango. Esausto, getta il telefonino sul divano. Però di una cosa ormai è certo: senza Aurora non può stare. Proprio quel pensiero gli fa venire in mente le parole giuste da usare. Recupera lo smartphone, digita e invia.

Aurora ha detto di non sentirsi bene, così sua madre le ha permesso di rimanere a casa da scuola. Quando finalmente se ne sono andati tutti fuori dalle scatole, ha mandato un messaggio a Lisa. Le ha chiesto se le sarebbe andato di saltare la scuola per farle un po' di compagnia. Ieri sera dopo la fuga, Valon ha congedato i suoi compari e l'ha accompagnata a casa. Quella notte Aurora ha pianto molto. Suo padre e sua madre si sono preoccupati, hanno chiesto spiegazioni a Valon, ma lui ha detto che non era niente e ha liquidato la faccenda in modo vago. Ad Aurora ha detto che sarebbe andato tutto bene. Prima di lasciarla sola le ha raccomandato di non inviare messaggi a Ibra e di non rispondere ai suoi per nessun motivo. Precauzione superflua, visto che Ibra non le ha mandato neanche un messaggio.

Sul suo comodino il toor-toor azzurro e la rosa sembrano fissarla. Aurora apre il libro di Montale, prova a tirarsi su leggendo un po', ma le poesie sembrano essersi come svuotate. Per di più uno strano magone le sale in gola continuamente fino quasi a soffocarla.

Ibra. Dov'è finito? Sui social non ci sono notizie di fermi né di arresti. Tutti brancolano nel buio. E Ibra sembra come svanito nel nulla. Questo da un lato è un bene. Ma per lei è anche un male. Suona il campanello. Aurora va ad aprire. È Lisa. Aurora la abbraccia e scoppia a piangere.

«Ehi, va tutto bene! Che c'è?»

Aurora la fa entrare, la fa accomodare in camera sua e le racconta della notte scorsa.

«È stato terribile.»

«Non avevo capito. Perché non mi avevi detto che stavate insieme?» chiede Lisa imbronciata.

«Temevo che non avresti approvato.»

«Perché non avrei dovuto? Se sei felice tu, sono felice anch'io. Ma... sei felice?»

«Non lo so più. Avresti dovuto vedere Ibra lottare con mio fratello. Quanta violenza! Non aveva niente in comune con il ragazzo gentile e sensibile che pochi istanti prima mi stringeva fra le sue braccia.»

«Possibile che ti abbia usata per colpire tuo fratello?»

Aurora scrolla il capo confusa. «Non posso credere che sia come dice Valon. Ma la gang di Souleymane è arrivata all'improvviso. Sembrava tutto organizzato. Lisa, davvero non so più a cosa pensare.»

«Può darsi che Souleymane abbia agito all'insaputa di Ibra.»

«Sì, ci ho pensato. Ma, anche se fosse, come faremo se mio fratello e suo cugino continueranno a farsi la guerra? Cosa succederà quando Valon e Ibra si troveranno di nuovo faccia a faccia? Non voglio che accada niente di brutto a nessuno dei due.»

Proprio in quel momento il suo smartphone trilla. Aurora tentenna.

Lisa la guarda allibita. «Cosa aspetti? Leggi il messaggio.»

Aurora scruta il display.

«È di Ibra.»

«E leggilo, cretina!»

Aurora obbedisce.

Se lasci un fiore nel deserto, prima appassisce e poi muore.

Aurora rivolge lo sguardo alla rosa sul comodino, poi di nuovo a Lisa.

«La vedi questa rosa? Ibra me l'ha regalata dicendomi che so trovare il bello in tutte le cose. Ma in quello che è successo ieri proprio non ci riesco.»

Lisa le prende il telefono di mano, lo posa sul letto e la stringe a sé. Aurora singhiozza tra le sue braccia.

«Sshh! Calmati. Adesso ti dico una cosa. Mio padre è un mobiliere ricco e famoso e spera che un giorno io prenda in mano la sua azienda. Ma in realtà a me della sua azienda non me ne frega assolutamente niente. Io ho due certezze nella vita: studiare mi fa schifo e costruire mobili è l'ultimo lavoro che voglio fare. Se c'è una cosa che proprio odio è fare quello che mi dice mio padre. Ho sempre fatto di tutto per farlo incavolare. Ti ricordi la volta che ho posato per quelle foto in biancheria intima per il negozio del centro? Non t'immagini la faccia di mio padre quando le ha viste! Lui, tutto chiesa e lavoro, ha bestemmiato talmente forte che son caduti giù tutti i santi dal paradiso. Non sai quanto ho goduto. E sempre per farlo incazzare mi sono messa con Michael, che mio padre non sopporta fin dal primo giorno. Per carità, Michael a letto è una bomba...»

E qui Aurora ride.

«Ma mai in tutta la vita, e penso nemmeno nelle prossime cento, sarà in grado di scrivermi un messaggio così bello.»

«Ti ringrazio, Lisa» singhiozza Aurora stringendo le mani dell'amica tra le sue.

«E di cosa? Dài, scema, asciugati le lacrime e rispondi al tuo ragazzo, prima che in testa si faccia dei film strani, tipo che non lo vuoi più.»

Proprio quando Aurora sta per digitare la sua risposta, la porta si spalanca e irrompe in camera Valon con un viso duro come il ferro, il naso segnato da un taglio orizzontale e il labbro spaccato sul lato sinistro. I souvenir della rissa con Ibra.

«Esci immediatamente!» gli ordina Aurora, ma Valon non bada a lei e le strappa lo smartphone di mano.

«Questo è meglio se lo tengo io, sorellina.»

«Come sarebbe a dire che non puoi allenarti?»

Al Mister si colora tutta la pelata di un rosso pompeiano. «E per quanto?»

«Una settimana, più o meno» risponde Ibra allargando le braccia.

Il Mister quasi si soffoca con l'ultimo tiro di sigaretta, tossisce che sembra sul punto di sputare i polmoni.

«Ma il provino è tra dieci giorni! Quando entrerai in campo dovrai esserci con la testa e con le gambe. Non avrai a che fare con dei novellini, ma con altri aspiranti campioni come te. Verranno presi uno o al massimo due di voi, mentre gli altri torneranno a casa con la coda tra le gambe e per loro sarà finita. Capisci? Non entrerai in un campo di calcio, ma in un'arena piena di belve feroci e pronte ad azzannarti. Se non sei allenato e concentrato, quelli ti faranno…»

«Va bene, Mister, ho capito: il culo a strisce.»

«Eh, appunto. Dimmi la verità, tu hai deciso di farmi venire l'infarto!»

L'infarto, non *un* infarto. Come a dire: «The Big One», il definitivo, quello che ti manda dritto all'altro mondo.

«Mi spiace, ma il medico ha detto che se faccio sforzi rischio di brutto.»

«E che diavolo hai fatto in faccia? A casa hai un gatto in calore?»

«Sono caduto dalle scale.»

«Seh, certo. Dannazione, Ibra, proprio adesso dovevi farti quell'intervento alle gengive? A che ti servono le gengive per giocare a calcio? Non potevi rimandare di una decina giorni? Ti devi allenare. Ti rendi conto?»

«Non pensavo di dover stare a riposo per tanto tempo.»

In realtà Ibra sta pensando a tutt'altro. Dopo quel messaggio scritto con il cuore si sarebbe aspettato una risposta immediata da parte di Aurora. Invece niente. Le due spunte blu sono comparse quasi subito, Aurora ha visualizzato, ma non ha mai risposto. Possibile che non le abbia fatto nessun effetto? Ibra ha atteso una reazione per tutto il resto della mattinata e per l'intero pomeriggio. Perché non ha scritto? Tra loro è davvero finita?

«Tu non vuoi farmi fare una figuraccia con Antonietti, vero?»

«No, Mister.»

I suoi compagni di squadra escono dallo spogliatoio per recarsi in campo e gli rivolgono un cenno di saluto. Tra loro intravede Marco, che gli fa un ciao con la mano. Ibra gli risponde con un movimento del capo.

«Accidenti a quel Marco» esclama il Mister. «Ibra, ti do un consiglio da amico: non scommettere mai con lui. In campo sarà scarso, ma alle scommesse ha una fortuna sfacciata.»

«Lo terrò presente.»

Il Mister accende l'ennesima sigaretta e aspira la prima boccata con foga, come se non fumasse da secoli, invece l'ultima l'ha spenta più o meno un minuto e mezzo fa.

«Adesso devi ascoltare bene quello che ti dico.»

Una seconda boccata e il Mister ritrova un po' di calma.

«La prima volta che ho chiamato il mio amico procuratore gli ho detto che doveva assolutamente venire a vederti perché eri capace di segnare su punizione da qualunque punto del limite dell'area. E sai cosa mi ha risposto lui? Di andare a farmi fottere, perché gli stavo raccontando un mucchio di balle. Ma io mica mi sono arreso! Ho insistito finché non si è deciso ad alzare il culo dalla poltrona per venire a vederti. E poi di sua iniziativa è tornato anche la settimana successiva e quella dopo. Una cosa piuttosto strana perché, vedi, Antonietti ha un sacco di impegni e raramente riesamina due volte lo stesso ragazzo. Invece per te? Sei partite di fila si è sciroppato, non una: sei! Poi un giorno mi telefona e mi dice che si è accorto di una cosa.»

«Sarebbe?»

«Che ti facevi atterrare apposta al limite dell'area per segnare su punizione. Niente di strano, secondo me. Ma lui ha aggiunto che invece era molto strano, perché quello di segnare su punizione non era neanche il tuo talento più grande.»

«Ah, no?»

«No caro mio. Antonietti ha detto che tu con il pallone ai piedi puoi fare miracoli. Il problema è che sei un cazzone.»

«Ha detto così?»

«Giuro. Ha detto che senza dubbio sei bravo, ma che in realtà non giochi con il cuore. Tu giochi solo per spillarmi un po' di soldi con le scommesse.»

Ibra di colpo sente il sangue gelarsi nelle vene. «Lei ha capito tutto?»

Il Mister aspira un'altra boccata e soffia il fumo fuori dalle narici.

«Che vi credevate, tu e Baffettti-da-portoricano, che fossi un cretino totale? Alleno segaioli come voi da quarant'anni e pensi che ci sia qualcuno in grado di farmi fesso senza che me ne accorga?»

«Ma allora perché ha continuato a scommettere?»

«Che vuoi che ti dica? Per scaramanzia.»

Altra boccata di fumo.

«Ogni volta io scommettevo e perdevo, ma tu segnavi. Volevo solo che Antonietti ti vedesse fare goal. Per me contava solo questo.»

«Mister, mi dispiace. Le restituiremo i soldi...»

«Non me ne frega niente dei soldi! La cosa importante è un'altra, ragazzo. Antonietti ha detto che se sei disposto a prendere sul serio il tuo talento, a dedicarci tempo, fatica e sacrificio, allora puoi fare grandi cose. Ma se entri in campo solo per fare il cazzone, nella vita non combinerai mai un bel niente. Alla fine ha deciso di darti una possibilità in nome della nostra vecchia amicizia. Ma comunque ha scommesso che non ce la farai a passare il provino.»

Il Mister fa una pausa per un'altra boccata di fumo.

«E lei invece è convinto che ce la farò?»

«Che ne so? Mica dipende da me. Ma ti dico una cosa, Ibra: io mi sono davvero rotto le palle di perdere le scommesse. Questa, solo questa, porca miseria, la voglio vincere! Però ho bisogno che tu ci creda. E ti dico un'altra cosa: se perdi il treno con Antonietti, poi non ne passeranno più altri. La sua parola è sacra e se lui dirà di no, sarà no anche per tutti gli altri.»

L'ultima boccata consuma la sigaretta fino al filtro. Il Mister soffia fuori il fumo a denti stretti fino quasi a fischiare, getta il mozzicone a terra e lo schiaccia con la punta della suola.

«Adesso devo andare o ai tuoi compagni si gela il culo là fuori. Abbi cura di te, figliolo. Mi raccomando.»

Fa per andare verso il campo, ma prima gli mette una mano sulla spalla.

«Non buttare alle ortiche l'occasione della tua vita. Io credo in te. Ci ho sempre creduto. Sarebbe il momento che iniziassi a farlo anche tu, ragazzo mio.»

Il signor Omar si trova in cucina.

Ibra rientra in casa, lo raggiunge senza dire niente, si versa un bicchier d'acqua e beve.

«Finalmente sei tornato» gli dice suo padre in wolof. Dietro il suo solito contegno sembra incavolato nero.

Ibra è pronto a sorbirsi una ramanzina, anzi, uno tsunami di quelli epici. Suo padre è grande e grosso e se lo picchiasse gli farebbe un male cane. Da piccolo Ibra pensava che il signor Omar con una mano potesse buttare giù i muri, anche se in tutta la vita non lo ha mai visto far del male nemmeno a una mosca. Prima d'ora non ha mai alzato un dito contro di lui, ma stavolta potrebbe andare in modo diverso.

«A quest'ora non dovresti essere all'allenamento?» gli chiede.

«Non mi sentivo bene.»

Il signor Omar non fa nessun commento circa le ferite al volto di Ibra. Si muove verso di lui e a quel punto Ibra teme il peggio. Invece il padre gli passa accanto e si sposta in salotto, si accomoda sul divano e avvia sullo smartphone il video di un incontro di Laamb. Rimasto in cucina da solo, Ibra non sa che fare, ma soprattutto non sa che dire. Di là suo padre fissa lo schermo del telefonino dove due colossi in perizoma, i muscoli gonfi come zampogne, si fronteggiano in un'arena affollata di tifosi in visibilio. Una musica di djembe e canti risuona in tutto lo stadio. I due lottatori si afferrano per il collo e, testa contro testa, si tempestano la faccia di montanti con il braccio libero. Anche Ibra si sposta in salotto.

«Poco fa mi ha chiamato la mamma di Marco» riprende il signor Omar. «Mi ha chiesto come stai. Le ho detto che non ne avevo idea.»

Nella voce del signor Omar traspare un vago tremolio, la spia di un'angoscia mai avvertita prima, quella di un padre che la sera non ha visto tornare a casa il suo unico figlio e che si è tormentato per tutta la notte. In quel "non ne avevo idea" c'era dentro lo smarrimento di chi sente di aver perso il controllo delle cose. L'uno di fronte all'altro, padre e figlio non sono stati mai così distanti.

«Le manderò un messaggio.»

«Da quel che ho capito, hai passato la notte da Marco.»

«Sì, è vero.»

Nel video, uno dei due lottatori è riuscito a far passare il braccio libero oltre la schiena dell'avversario e ad afferrargli il perizoma. Il suo avversario cerca di liberarsi, ma viene sollevato da terra e proiettato sulla sabbia, disegnando in aria un'ampia parabola con le gambe. Il pubblico esulta in modo assordante, tanto da distorcere l'audio del telefonino. Il vincitore, inzaccherato di sabbia e sudore, si esibisce in una possente danza della vittoria tra le ovazioni della folla. Il signor Omar spegne lo smartphone.

«C'è qualcosa di cui mi vuoi parlare?»

«No, papà.»

«Non mi vuoi dire cos'è successo stanotte?»

«Non c'è niente da dire.»

«Non è normale che un figlio resti fuori tutta la notte all'insaputa di suo padre.»

«E che cos'è normale? Sentiamo. Tutto questo, tu e io, cosa c'è di normale?»

«Vorrei soltanto capire che cosa sta succedendo.»

«È questo il punto, papà. Non capiresti. Tu non mi hai mai capito. E lo sai perché? Abbiamo sempre fatto come hai voluto tu. Non hai mai nemmeno provato ad ascoltarmi. Sulla tua bilancia le mie ragioni sono sempre state piuma, mentre le tue sono sempre state piombo. Ecco perché non ti racconterò cos'è successo stanotte.»

Il signor Omar tace per qualche istante. Le parole di Ibra gli hanno tolto il fiato, come un pugno sferrato a tradimento in pieno stomaco.

«Perché non mi hai detto niente del provino?» riprende il signor Omar.

«Come l'hai saputo?»

«Il tuo Mister. Mi ha dato delle carte da firmare. Sei ancora minorenne, te lo sei dimenticato?»

«E le hai firmate?»

Il signor Omar si alza dal divano ed estrae una cartellina rossa da un cassetto. «Non ancora. Dimmelo tu cosa devo fare.»

«Perché me lo chiedi? Hai sempre deciso anche per me.»

«Dimmi cosa vuoi che faccia.»

«Ha mai avuto importanza? Alla fine si fa sempre quello che vuoi tu. Perché sprecare le parole?»

«D'accordo. Allora straccerò questi fogli.»

«Lo vedi? Con te è sempre la stessa cosa, ogni discussione si trasforma in un braccio di ferro. È sempre come stare sull'arena con un lottatore di Laamb: finché uno non viene schiantato a terra dall'altro, l'incontro non finisce. Ma la sai una cosa? Io non ho nessuna voglia di combattere con te.»

Aurora non gli ha scritto e per questo Ibra si sente già a

terra. Non c'è bisogno che suo padre ce lo schianti ancora una volta. Ibra attraversa la stanza a falcate rapide.

«Con quelle carte fa' come ti pare, papà. Tanto, l'unica persona a cui tenevo al mondo io l'ho perduta.»

«Dovresti smettere di tormentarti per la morte di tua madre.»

«Lo vedi che non sai niente di me? Non mi riferivo alla mamma.»

Il signor Omar guarda quel giovane triste e fiero che gli sta davanti e si rende conto di non sapere davvero niente di lui. Ibra va verso la porta e fa per uscire di casa, ma suo padre lo richiama, bloccandolo sull'uscio.

«Prima che te ne vada, lascia che ti dica una cosa. Quando ero piccolo, tuo nonno mi insegnò a cacciare con l'arco e mi disse una cosa: se vuoi ferire, mira allo stomaco. Se vuoi uccidere, mira al cuore. Fu un consiglio prezioso, che tenni presente non solo come cacciatore, ma anche come preda.»

«Che intendi dire?»

«Che nella vita le ferite sono inevitabili. L'importante è non lasciarsi colpire al cuore.»

Ibra fa una risata amara.

«Un ottimo consiglio. Peccato arrivi un po' tardi.»

Alla voce "motivazione dell'assenza" suo padre nel menu del registro elettronico ha selezionato un generico: "Familiari". Ibra siede al suo posto e attende impaziente. Ma al suono della campanella il banco di Aurora è ancora vuoto. E lei non arriva mai in ritardo. Significa che oggi a scuola non verrà. Non c'è nemmeno Lisa, ma quella di regola arriva sempre in ritardo di un quarto d'ora. Le piace attirare l'attenzione. Ogni mattina il suo ragazzo la porta a scuola in auto e le offre la colazione al bar, cappuccino, brioche e sigaretta come Dio comanda. In classe entra la prof di italiano, si siede alla cattedra e compila il registro elettronico. Ibra si sporge verso il compagno alla sua destra.

«Ehi, ieri Aurora era presente?»

«Boh.»

Ibra si volta verso il suo compagno di banco, uno sfigato con cui non parla quasi mai, e gli rivolge la stessa domanda.

«Aurora? No, non c'era.»

«Sicuro?»

«Mi pare che non c'era.»

«Ti pare o sei sicuro?»

«Che cazzo ne so? Non sono mica il portinaio della classe!»

«Non dite *cazzo*, per piacere!» sbraita la Rossi.

Quella di italiano per le parolacce ha come un radar nelle orecchie. È una specie di Terminator.

«Scusi, prof, ieri Elshani era a scuola?»

La Rossi fissa Ibra per qualche istante ed è chiaro che vorrebbe chiedergli delle ferite al volto, ma si trattiene e controlla sul registro elettronico. «No. La signorina Elshani non ci ha onorati della sua presenza neanche ieri. Posso esserti utile in qualche altro modo?»

La lezione inizia, ma Ibra non ci sta con la zucca. Avrebbe voluto parlare con Aurora, cercare di capire perché non ha risposto al suo messaggio Whatsapp e perché i suoi profili social sono come morti. Si volta. Il banco alle sue spalle è la metafora perfetta del senso di smarrimento e del vuoto esistenziale che Ibra sta provando in questo momento. Tolta Aurora dalla sua esistenza, la Rossi che spiega, i suoi compagni, la scuola, la città, il paese, il continente, il pianeta Terra, il Sole, le stelle, l'intero universo, tutto quanto è privo di qualsiasi senso. Il puzzle della sua stessa esistenza perde ogni significato. È come se un dio tramutato in aquila gli avesse strappato il cuore dal petto con i suoi artigli. E via il cuore, via la vita. A modo suo gliel'ha spiegato anche suo padre e stavolta gli ha detto una cosa assolutamente vera.

Bussano alla porta. La prof dice: «Avanti».

«Scusi, prof!»

È Lisa, puntualissima nel suo consueto ritardo. Lei in aula non viene con lo zaino come tutti i comuni mortali, ma con la borsetta in pelle di vitello.

«Come tu faccia a ficcarci dentro libri e quaderni, in quella borsetta, è un mistero che nemmeno la fisica quantistica può svelare» commenta la Rossi con sarcasmo. In pochissimi capiscono la battuta e ridono.

«Mettiti a sedere, Lisa, e stavolta i tuoi dovranno giustificare l'assenza.»

«Prof, la corriera era in ritardo!»

«Ma se sono due anni che ti fai scarrozzare in macchina da... com'è che si chiama? Michael, giusto?»

«Lei come fa a saperlo?»

«Io so tutto.»

«Comunque, oggi non è come pensa.»

«Sì, certo. La conosci la storia di: "Al lupo, al lupo"? E ricorda ai tuoi di giustificare anche l'assenza di ieri, se non gli è di eccessivo disturbo.»

Lisa non ha la solita aria allegra e strafottente. Si siede e subito tocca la spalla di Ibra.

«Che c'è?»

«Ti devo parlare.»

«Di cosa?»

«Di Aurora.»

«Aurora?»

Senza rendersene conto Ibra ha alzato la voce e la Rossi si è dovuta interrompere. «Ragazzi, silenzio!»

«Ieri mattina ero da lei» sussurra Lisa.

«A casa sua? Come sta?»

«Ho detto silenzio!» urla la Rossi sbattendo la mano sul tavolo, e facendosi anche un po' male.

«Prof, ho bisogno di parlare con Lisa. Possiamo uscire un secondo?» le chiede Ibra.

«Neanche per sogno. Aspettate il cambio dell'ora.»

«Ma... solo un attimo!»

«No, ho detto!»

«Va bene. Vuol dire che faccio casino per tutta l'ora.»

La prof ci rimane un attimo. Ibra non si è mai rivolto a lei in quel modo. Lui ama sfidarla, talvolta la provoca, ma non le ha mai mancato di rispetto.

«Provaci e ti faccio sospendere.»

«Prof, glielo dico sinceramente: non me ne frega niente se mi sospende.»

«Come vuoi. Ma se non mi fai fare lezione, io chiamo i carabinieri e ti denuncio per interruzione di pubblico servizio. Ti piace di più?»

La prova di forza l'ha stravinta la prof dieci a zero. Del resto, tutti sanno che è una dura. A Ibra non resta che tentare con le buone.

«La prego, è importante. Questione di pochissimo.»

«È la prima volta che fai una scenata del genere. Se dici che è importante, la faccenda dev'essere davvero delicata. Un minuto, ma neanche un secondo di più.»

Ibra e Lisa escono dalla classe e chiudono la porta alle loro spalle.

«Guarda la tua faccia!» commenta Lisa. «Valon però è messo peggio. Sembra che gli sia passato sopra uno schiacciasassi.»

«Lascia perdere e dimmi di Aurora.»

«Allora: ieri mattina mi ha chiesto di andare da lei a farle compagnia. Io ci sono andata e mi ha raccontato quello che è successo l'altra sera.»

«Come stava?»

«Male, ovviamente. Era tanto preoccupata per te.»

«Davvero?»

«Certo.»

«Ti prego, dimmi che non ha creduto alle bugie di suo fratello sul mio conto.»

«Diciamo che ti ha visto sotto un'altra luce. Sai, ti sei battuto con Valon. Non è stato un bello spettacolo per lei.»

«Lo so. Mi dispiace.»

«A ogni modo, il tuo messaggio l'ha fatta piangere di gioia.»

«Davvero? E perché non mi ha risposto?»

«Stava per farlo, ma è arrivato Valon e le ha strappato il telefono di mano.»

«Cosa?»

«Poi mi ha mandata via a calci in culo, ma prima mi ha detto di dirti una cosa. Stasera ha organizzato un rave party. Vuole che tu ci vada solo e disarmato. Dice che chiuderete la questione una volta per tutte.»

«Non potevi mandarmi un messaggio già ieri?»

«No. Valon mi ha detto di parlarti a quattr'occhi. L'ordine è: niente tracce in rete. E considerando il tipo, ho fatto come mi ha detto.»

«Il rave party è stasera?»

Lisa gli allunga un biglietto.

«Cos'è questo?»

«L'indirizzo. Ma se vuoi un consiglio, non andarci.»

«Afferrato il concetto: non sarà una sagra paesana.»

«Se ci andrai, sarai solo contro tutti.»

«Credi che non lo sappia?»

«Questo invece me l'ha dato Aurora prima che Valon mi mandasse via» dice Lisa consegnandogli un secondo biglietto.

Ibra lo afferra, lo apre e ne legge il contenuto. «*La nostra vita è come un foglio di carta: possiamo lasciarlo piatto e liscio oppure dargli la forma che più ci piace. Dipende tutto da noi.* Sono le mie parole al nostro primo appuntamento!»

«Cosa significa?» chiede Lisa.

Ibra contempla quel messaggio. La grafia è frettolosa. Immagina Aurora prendere carta e penna, scrivere e consegnare il messaggio di nascosto a Lisa.

«Significa che con Aurora ho ancora una speranza. Ma prima devo chiudere i conti con Valon.»

Il rave si tiene nella vecchia zona industriale di Portononcello, per la precisione nel capannone di una ex fabbrica di componenti per lavatrici chiusa da quindici anni a causa della delocalizzazione. Da quelle parti un tempo c'era molto lavoro, invece adesso tutto cade a pezzi. Se ne sono andati via anche i topi. È proprio lì che Valon organizza le sue feste clandestine. Il centro abitato è distante, quindi non c'è nessun rischio che la musica sparata a mille svegli qualcuno nel cuore della notte. In quei capannoni in rovina si riesce a vendere tutta la droga del mondo all'insaputa dei bravi cittadini. Occhio non vede, cuore non duole.

Ibra arriva al capannone e mostra il biglietto che funge da invito. I buttafuori sono due mastini di Valon. Ibra riconosce quello con le treccine alla Ghali e l'altro con i tatuaggi sulla faccia. Lo perquisiscono con cura. Il Tatuato gli sfila lo smartphone dalla tasca dei pantaloni.

«Ehi!»

«Tranquillo. Poi te lo restituiamo.»

L'interno del capannone sembra uno dei gironi dell'inferno dantesco. Musica techno a volume insopportabile. Caldo, umidità, sudore, buio, luci multicolori a intermittenza. Ibra avanza a fatica tra centinaia di corpi che si agitano al ritmo di bassi e percussioni. Alle sue spalle Treccine e il Tatuato lo incalzano verso il palco centrale. Da lassù il disc jockey domina l'enorme pista da ballo da dietro la sua consolle. Regista di quella trance sciamanica collettiva, si agita come se avesse ingerito il peyote e indica la via a tutti gli adepti. Alla sua destra e alla sua sinistra, titani a guardia di quello stato superiore della coscienza, due imponenti muraglie di casse emettono la musica assordante e fanno vibrare il pavimento come per effetto di una scossa sismica.

«Per di là!»

Treccine indica l'uscita di servizio. La raggiungono e Ibra viene spinto fuori. Il retro del capannone è uno spiazzo in cemento delimitato da un ampio muro di cinta. Due generatori a gasolio rombano a tutta forza e forniscono l'interno di energia elettrica attraverso un groviglio di cavi. Valon lo attende lì con un comitato di accoglienza degno delle migliori occasioni. In tutto Ibra conta una dozzina di ceffi che a giudicare dalle facce sembrano avere una gran voglia di spaccargli il muso. I due che la sera del loro ultimo incontro se l'erano vista peggio hanno la testa fasciata e gli zigomi ancora gonfi di botte.

Valon sembra andare fiero del suo labbro spaccato e del taglio al naso. Le ferite portano onore a un guerriero. È lui a fare gli onori di casa.

«Grazie per aver accettato l'invito. Ti posso offrire qualcosa?»

«Sono a posto.»

«Sicuro? Abbiamo tutto quello che desideri. Cocktail, erba, pastiglie. Offre la casa, naturalmente. Non fare complimenti.»

«L'unica cosa che voglio è mettere fine alla situazione che si è creata.»

«Per questo siamo qui. Lo stesso vogliamo noi. Ma l'attacco dell'altra sera per poco non è costato caro a due dei miei fratelli. Come puoi immaginare, è una cosa che non posso lasciar correre.»

«La faccenda non mi riguarda. Io non ho niente a che fare con la gang di Souleymane.»

«Che lo voglia o no, tu in questo casino ci sei dentro fino al collo. La soluzione che ti propongo è molto semplice: Souleymane deve sciogliere la sua gang e risarcirmi dei mancati guadagni causati dalla sua concorrenza. Diciamo che con ventimila euro, più gli interessi, chiudiamo i conti e siamo a posto.»

«Non so più come dirtelo: di queste cose non devi discutere con me, ma con Souleymane.»

«Andiamo, sei un ragazzo troppo intelligente per non capire che non ti puoi tirare fuori.»

«Non tratterò con te di questioni che non mi riguardano.»

«Guarda che ci hai messo tu in questa situazione nel preciso istante in cui hai messo gli occhi su mia sorella. Non avevi il diritto di ronzarle intorno. E soprattutto non avevi il mio permesso.»

«Non mi serve il tuo permesso, se ad Aurora va di stare con me. Dipende soltanto da quello che vuole lei.»

Dal volto di Valon sparisce persino l'ombra del ghigno che pochi istanti prima poteva essere scambiato per un sorriso.

«Sono io quello che stabilisce cosa va bene e cosa no.»

«Tu non sei nessuno» replica Ibra calmo.

«Ah, davvero?» Valon fa scattare la lama del suo coltello e lo punta al mento di Ibra.

«Io posso farti vivere o morire. Ti sembra poco?»

Ibra non cambia la sua espressione serafica. Non indietreggia.

«Tu giochi a fare dio, Valon Elshani. E, sentiamo, che razza di dio saresti? Il dio del quartiere popolare? Fuori da questa città nessuno sa nemmeno che esisti. Sei il dio di chi? Di qualche ragazzo strafatto che stanotte si sballa dentro questo capannone e che domattina non si ricorderà neanche come si chiama? Sei il dio di un parco pubblico dove la gente la sera porta il cane a pisciare? Sei solo un pallone gonfiato, Valon Elshani, ma sta' attento, perché, a forza di crederti un dio, lungo la tua strada prima o poi lo troverai qualcuno che ti farà il culo. Stanne certo.»

«Questo qui ha proprio voglia di morire» commenta Treccine al Tatuato.

«Le tue minacce non mi fanno neanche il solletico» replica Valon sfiorando la gola di Ibra con la punta del coltello. «Torniamo a noi. Ci sono due modi per chiudere la questione, neretto. Il primo: tu vai da Souleymane e lo convinci a fare quello che ti ho detto. Il secondo: a convincerlo ci mando la tua testa imballata e infilata in un pacco di Amazon. Scegli tu.»

Dal muro di cinta piombano giù alcune figure vestite di nero. Sono i compari di Souleymane armati di bastoni e catene. Per ultimo balza giù anche Souleymane in persona con una mazza da baseball tra le mani.

«Era ora. Siete arrivati, finalmente!» grida Valon con aria compiaciuta.

«Coraggio, ragazzi, finiamo quello che abbiamo cominciato l'altra sera» ordina Souleymane palleggiando la mazza da baseball.

Ma stavolta Valon e i suoi non si sono fatti cogliere di sorpresa. Al fischio di Treccine lo spiazzo si riempie di una cinquantina di ceffi armati di spranghe, pugni di ferro e coltelli.

«Spero non vi dispiaccia se ho invitato qualche altro amico alla nostra festicciola.»

I nuovi arrivati circondano la gang africana. L'inferiorità numerica è tale che i compari di Souleymane gettano le armi a terra e alzano le mani in segno di resa. Valon si volta verso Ibra.

«Sarò anche un dio da quattro soldi come dici, ma nella vita c'è chi sta sopra e chi sta sotto. E come vedi, io sto sopra e voi state sotto.»

Souleymane è l'unico a non aver deposto l'arma. Valon avanza verso di lui. Souleymane lo guarda in cagnesco.

«Cosa vogliamo fare? Metti giù quella mazza o ti assicuro che non ve ne andrete con le vostre gambe.»

Souleymane digrigna i denti. «Non mi arrendo!»

Si scaglia in avanti e sferra un colpo, ma Valon schiva con agilità e affonda una coltellata sul fianco scoperto del suo nemico. Souleymane lascia andare l'arma e crolla al suolo a peso morto.

Ibra si inginocchia, prende suo cugino tra le braccia e gli tasta il fianco impregnato di sangue. Un brivido gelido percorre il suo corpo da capo a piedi.

«Adesso levatevi dalle palle o facciamo una strage» ordina Valon compiaciuto di quel quadretto pietoso.

Souleymane sussurra qualcosa.

«Sei vivo!» sussulta Ibra.

Souleymane scosta il lembo del giubbotto e gli indica la tasca interna. Dentro c'è un revolver. Cieco di rabbia Ibra lo impugna, si alza in piedi e spara un colpo in aria. Si spaventano tutti. Molti d'istinto si gettano a terra. Solo Treccine e il Tatuato dimostrano sangue freddo. Entrambi estraggono le loro calibro 9 e le puntano contro Ibra. Dal canto suo, Ibra non si cura di loro, ma mira dritto alla fronte di Valon, che gli sta a un metro e mezzo di distanza.

«Cosa credevi? Che non avessimo le pistole?» ghigna Valon senza fare una piega. «Fa' ancora una mossa e i miei fratelli ti fanno fuori.»

«Dì ai tuoi di gettare le armi o ti faccio un buco in mezzo agli occhi» ribatte Ibra.

«Qui non sei tu a dare gli ordini…»

Quello che avviene di lì a qualche istante dura sì e no una

cinquantina di secondi, ma per i presenti è come se passasse una vita intera. La musica all'interno del capannone s'interrompe e una fiumana di ragazzi scalmanati si riversa sullo spiazzo. «Gli sbirri! Una retata!»

L'allarme scatena il panico. In un istante amici e nemici si confondono in un'unica massa di giovani in fuga. Qualcuno di loro inciampa sui cavi elettrici e ruzzola a terra. A decine si gettano contro il muro di cinta per scavalcarlo, come tanti topi in cerca di salvezza da una nave che affonda. Valon, il coltello ancora stretto nella destra, si volta. Di tutti i suoi sgherri, sono rimasti a coprirgli le spalle solo Treccine e il Tatuato. Nemmeno Ibra si è schiodato di un millimetro ed è pronto a fare fuoco, incurante del fatto che nell'istante successivo i due fedeli mastini di Valon lo uccideranno. Tuttavia non preme il grilletto, perché a una decina di metri da lui qualcuno lo sta fissando immobile tra due ali di fuggitivi. È Aurora.

«Coraggio, mostrami quello che sai fare!» lo incalza Valon.

Souleymane è agonizzante a terra. I suoi lamenti rinfocolano la rabbia di Ibra, che fa un passo in avanti e appoggia la canna della pistola sulla fronte di Valon. Il Gaynde stavolta è pronto a uccidere. Treccine e il Tatuato fanno scattare i cani delle pistole all'unisono.

«Avanti, spara!» lo sfida Valon.

Ma gli occhi di Aurora brillano di lacrime e qualcosa nel petto di Ibra si scuote. Quelle lacrime gli hanno fatto tornare in mente il sogno in cui sua madre lo aveva rimproverato.

«Solo chi cammina nel deserto dell'odio ha poi sete di vendetta» dice Ibra.

«Cosa?» chiede Valon allibito.

«E io che credevo che la causa dei miei guai fosse il mio talento. Sono stato uno stupido! Solo adesso capisco cosa voleva insegnarmi mia madre. Chi cammina lungo il prato rigoglioso della ragione non aspira alla vendetta, ma alla giustizia.»

Le tenaglie della rabbia e della tristezza che costringevano il suo petto si spezzano e per la prima volta in tutta la vita Ibra capisce cosa significhi davvero essere libero. Valon lo fissa stranito.

«Non ne vale proprio la pena» dice Ibra e getta la pistola lontano.

«Come pensavo. Sei solo un vigliacco!» grida Valon e lo pugnala all'addome.

Ibra cade a terra. Aurora grida sconvolta, raggiunge Ibra, s'inginocchia, lo sdraia supino e gli regge il capo, le guance grondanti di lacrime. Poi si volta verso Valon.

«Io ti disprezzo. Valon Elshani, non ti voglio più vedere. Da questo momento non sei più mio fratello!»

Valon rimane come pietrificato. Il dio che credeva di essere si è dileguato in un istante. Le parole di Aurora, come un incantesimo, lo hanno tramutato in un essere ripugnante, indegno perfino dell'aria che respira. Ma tanto più si credeva grande, tanto meno è disposto ad accettare la sua ridicola piccolezza.

«Grazie per le tue lacrime» sussurra Ibra fissando la sua Aurora. A poco a poco la sua vista si sta appannando.

«Ti prego, non lasciarmi!» lo supplica Aurora.

Valon si avvicina, il coltello alzato in aria per sferrare il colpo mortale al suo nemico, quando un'ombra alle sue spalle si staglia minacciosa. Treccine e il Tatuato percepiscono il pericolo, si voltano, puntano le pistole contro qualcosa che si avventa contro di loro, ma non fanno in tempo a sparare. L'ombra di un enorme Gaynde li travolge e fa volare via le armi dalle loro mani. I due mastini si scagliano su quel mostro, sferrano pugni con tutta la loro forza, ma non lo scalfiscono minimamente. Il Gaynde incassa senza conseguenze una quantità di colpi che abbatterebbero qualsiasi peso massimo. Poi contrattacca e i suoi pugni sono come magli demolitori, rompono denti e spezzano nasi come grissini. Neutralizzati Treccine e il Tatuato, la bestia si scaglia contro Valon, che allunga un fendente di coltello, ma manca il bersaglio, troppo rapido nonostante la stazza. A Valon non resta che la fuga. Si volta, ma si sente afferrare per le spalle da una forza incontrastabile, che lo solleva in aria e lo scaraventa contro il muro con la potenza di una cannonata. Lo schianto è tale che Valon perde i sensi. Poi l'ombra dell'enorme Gaynde si avvicina a Ibra e lo solleva da terra, ma stavolta con delicatezza. Ibra si accorge che dagli occhi di quel Gaynde dalla forza smisurata sgorgano fiotti di lacrime.

«Padre!» chiama Ibra.

«Ti prego, figlio, perdonami.»

«Sono io, papà, che ti chiedo perdono.»

«Per cosa?»

«Sono stato un pessimo figlio.»

«No, io sono stato un padre terribile. Avrei dovuto mettere te prima di ogni cosa. Invece ho messo la mia tristezza davanti a tutto. Avrei dovuto ascoltarti, ma dopo la morte di tua madre sono diventato sordo a ogni tua richiesta. Stasera questa ragazza è venuta a dirmi che eri in pericolo e ho capito che era lei la persona importante di cui mi avevi parlato. Sono venuto qui per farvi ritrovare, perché è questo che volete entrambi.»

«Mi sento tanto stanco...» sussurra Ibra chiudendo gli occhi.

Il signor Omar sente che il corpo di suo figlio tra le sue braccia diviene sempre più pesante.

Sulla vista di Ibra cala un velo scuro e tutto si colora di nero.

Niente più rumori, niente più lacrime.

Un fischio lontano di sottofondo.

Buio e silenzio.

E poi più niente.

Sono trascorsi quattro mesi.

Aurora è in Senegal con il signor Omar e suo padre dinanzi a due tombe. Il cimitero islamico è un'infilata di steli bianche in un'area delimitata da un muro di cinta. Tutt'intorno è il sahel desolato. Aurora non sa leggere le iscrizioni sulle lapidi. Sua madre musulmana ha insistito più volte affinché studiasse l'arabo, ma lei si è sempre disinteressata a tutto ciò che avesse a che fare con la religione. Del resto nemmeno suo padre, che è cristiano ortodosso, l'ha mai incoraggiata. Però una cosa Aurora l'ha sempre saputa: che in qualsiasi cimitero i fiori sono sempre graditi, quindi ha portato due bei bouquet. Il Mister e la madre di Marco li raggiungono a passi svelti. Lui in giacca e cravatta nonostante il caldo da sbraco, e in testa un panama a tesa larga che lo fa sembrare un colonialista d'altri tempi. Lei in un abito fresco a fiori che le butta giù un sacco di anni.

«Scusate, colpa mia. Pausa sigaretta» dice il Mister.

«Tranquilli, non siete gli ultimi» lo rassicura Aurora.

Dopo qualche istante arrivano anche Marco e Ibra.

«Adesso che ci siamo tutti, possiamo rendere omaggio alle tombe di mia madre e della madre di Ibra» dice il signor Omar.

Il nonno dice qualcosa in lingua wolof. Il signor Omar traduce per gli altri: «Ci sono solo due luoghi in cui non si muore mai: nello Janna e nel cuore di chi ci ama».

«Amen!» commenta il Mister. «Ops, ho sbagliato religione. Ma fa lo stesso, no?»

Al termine della piccola commemorazione lo strano gruppetto esce dal cimitero e si dirige verso lo spiazzo nei pressi della scuola. Nei giorni pari i giovani del villaggio ci giocano a calcio e in quelli dispari ci si allenano nel Laamb. Oggi è un giorno pari e le due squadre che si fronteggiano hanno sollevato un gran polverone. Qualcuno riconosce Ibra. È Ousmane, che dopo qualche convenevole invita lui e Marco a unirsi al gioco. I due non se lo fanno ripetere. Il resto della comitiva trova posto all'ombra per seguire la partita.

«Che gioia vedere Ibra di nuovo in salute!» commenta la madre di Marco. «Quando lui e suo cugino sono arrivati all'ospedale, non credevo che ce l'avrebbero fatta.»

«Piacendo ad Allah, se la sono cavata entrambi» commenta il signor Omar.

«Già... A proposito: com'è andata a finire per Souleymane?» chiede il Mister senza staccare gli occhi dalla partita.

«Il pubblico ministero lo ha convinto a collaborare» risponde il signor Omar. «E grazie a lui la polizia ha arrestato un importante boss della malavita locale.»

«E che ne sarà di Valon?»

Stavolta a rispondere è Aurora: «Passerà parecchi anni in prigione, questo è sicuro. E pensare che il suo avvocato ha citato il signor Omar per danni: nello schianto contro il muro Valon si è rotto gli incisivi. Ma il giudice ha ignorato l'istanza. Ben gli sta».

«Lo credo bene!» esclama il Mister. «Sono davvero felice che Ibra ci abbia invitati tutti in Senegal. Voleva tanto riabbracciare il nonno che è stato molto in pena per lui, ma voleva anche presentargli tutti coloro che in Italia lo hanno fatto sentire parte di una grande famiglia.»

Non passa molto che il Mister inizia a boccheggiare per l'afa.

«Quando ha detto che passa il prossimo pullman?» chiede alla madre di Marco. «Appena torno in albergo, metto l'aria condizionata a meno centoventi gradi!»

«A dire il vero, da quando siamo arrivati lei e io passiamo più tempo davanti al condizionatore dell'albergo che qui al villaggio con gli altri.»

Aurora ascolta, mentre con lo sguardo segue Ibra che scatta da una parte all'altra dello spiazzo polveroso. «Invece noi passiamo le giornate assieme a Ousmane. Ho già imparato i nomi di qualche animale in lingua wolof: mbaam-sef, l'asino, banjooli, lo struzzo, xojog, lo scoiattolo, bey, la capra...»

Il nonno si volta verso di lei e dice qualcosa in wolof che il signor Omar traduce. «Mio padre ti consiglia una passeggiata con Ibra. Dice che stasera la savana vi accoglierà come una madre benevola.»

Aurora sorride al vecchio e fa un cenno di assenso: «Dica al nonno che ci andremo senz'altro».

Tre mesi prima...

Antonietti come primo lavoro fa il notaio. Quello del procuratore è un hobby che negli anni ha coltivato con tale passione da farlo diventare un vero e proprio secondo lavoro. Se qualcuno gli chiede come fa a scovare i campioni dal niente, risponde: «Non lo so neanch'io. Sarà che ho occhio».

Lo studio di Antonietti è al secondo piano di uno stabile del centro cittadino, di fronte a un hotel a cinque stelle e al teatro comunale. Il Mister suona al citofono e la serratura del portone scatta automaticamente. L'ascensore è guasto, perciò gli tocca fare le scale. Arrivato alla porta dell'ufficio si appoggia al muro per riprendere fiato un momento, altrimenti sviene. Suona il campanello. Ad aprirgli è Antonietti in persona. Suppergiù dell'età del Mister, corporatura robusta, la testa rasata con cura. Giacca e pantaloni neri, camicia di seta bianca e cravatta quadrettata rosso fuoco di Zegna. Scarpe in pelle nera lucidissime, orologio da parecchi zeri.

«Fai anche da usciere adesso?» scherza il Mister.

«Lascia perdere. Ho mezzo studio a casa con l'influenza. Piuttosto, cos'è questa improvvisata?»

«Niente, passavo di qua.»

«Seh, certo. Ti do un minuto, ho un casino di cose da fare. Entra, va'!»

Antonietti fa strada fino al suo ufficio e si accomoda dietro la scrivania in mogano. Il Mister sceglie una poltrona in pelle di fronte a lui. Alle pareti sono appese le foto di Antonietti con alcuni amici, tra i quali alcune leggende del calcio come Gullit, Platini, Tardelli, Bergomi, Zico. Ce n'è una anche con Cristiano Ronaldo.

«Cosa ti è successo? Sei tutto sudato!» chiede Antonietti.

«L'ascensore» ansima il Mister. «Guasto.»

«Non sarebbe ora di smettere di fumare?»

«Me lo dici da quando avevamo sedici anni. Ma senza le cicche, che cavolo mi rimane, Gastone?»

«Va be'. Dimmi perché sei qui. Dài, ché ho da fare...»

«Sai che giorno è oggi?»

«Martedì.»

«Esatto.»

«Quindi?»

«Oggi pomeriggio dimettono Ibra dall'ospedale.»

«Ancora con questo Ibra! Cosa ti devo dire? Ormai il provino è saltato. Basta, fine della storia.»

«Stavo pensando: perché non gliene organizzi un altro?»

«Non se ne parla. Ti avevo avvertito: quel ragazzo è soltanto un cazzone. Ha avuto la sua possibilità, ma ha preferito andare a fare a botte con dei teppisti. Certa gente non è in grado di coltivare i propri talenti, non ce la fa proprio. È la vita. So che gli vuoi bene, ma devi fartene una ragione, vecchio mio.»

«Se non era in ospedale con un buco nella pancia, al provino ci veniva! Antonietti... Gastone, lo hai visto anche tu in campo. È un fenomeno. Devi dargli una seconda possibilità.»

«Non farmi perdere tempo, Mister. Adesso ho questioni molto importanti da seguire. Ti ho detto di no e basta. Dài, uno di questi giorni ti chiamo e ci mangiamo qualcosa insieme. Offro io.»

«Gastone, tu e io ci conosciamo da una vita. Ti rispetto, sei un grandissimo professionista, ma, scusa se te lo dico, questa volta stai facendo una cazzata.»

«Dici?»

«Dico.»

«Guarda un po' lassù» dice Antonietti indicando la foto con Cristiano Ronaldo. «Quello lì è diventato un campione o no?»

«Certo.»

«E lo sai perché? Perché da ragazzo ai provini lui ci andava! E credimi che anche Cristiano ha avuto un'infanzia da schifo, come il tuo Ibra.»

«Non è giusto. Era il suo momento. Avrebbe spaccato tutto.»

«Invece non è andata. Capita, Mister. Quanti ragazzi si perdono lungo la via?»

«Non sarebbe nostro compito recuperarli?»

«No. Quello sarebbe un tuo compito. Il mio è scoprire i campioni del futuro. Sei tu che hai deciso di fare l'allenatore in una squadra di disperati. Avresti potuto fare una bella carriera, ti avevano chiamato in quella squadra di serie B, invece hai preferito rimanere in quel quartiere a salvare anime belle...»

«D'accordo, ma io ti ho chiesto di venire a dare un'occhiata a Ibra una volta e tu ci sei venuto per sei partite di seguito. Hai detto che con la palla sa fare miracoli. Sono parole tue o no?»

«Però ti ho detto anche che non è in grado di prendere sul serio il suo talento. E comunque, per riguardo alla nostra amicizia, gli ho fissato il provino. Ma poi è successo il patatrac. Come volevasi dimostrare.»

Il Mister si alza in piedi. «Non posso credere che tu sia diventato così ottuso. Forse è perché stai invecchiando...»

«Anche tu stai invecchiando, Mister. Una volta eri più lucido. Adesso ti fai abbagliare dai sentimenti.»

«Può darsi. Ma tu sei diventato senza cuore.»

«Ehi, il cuore non c'entra niente! Si tratta solo di affari.»

«No, Gastone, si tratta di un ragazzo che è sempre stato preso a calci in bocca dalla vita. E adesso anche tu gli giri le spalle.»

«Io non ho girato le spalle a nessuno. Te l'ho detto: a volte le cose non vanno come vorremmo. E punto.»

«La cosa che mi dispiace, amico mio, è che purtroppo il punto in questa storia sei tu a decidere dove e quando metterlo» dice il Mister e, salutato Antonietti, toglie il disturbo. Non può restare in quell'ufficio un minuto di più. Ha un gran bisogno di fumare.

La sera Ibra e Aurora fanno una lunga passeggiata nella savana. Una brezza mite soffia via il calore della terra. Il sole rosso illumina i loro visi sorridenti.

«C'è una cosa che non ti ho mai detto» dice Ibra.

«Cosa?»

«Quando Valon mi ha pugnalato...»

«Sai che faccio ancora fatica a parlarne...»

«Lasciami finire, ti prego. Quando Valon mi ha pugnalato, io non ho avuto paura.»

«Ah, no? E perché?»

«Perché Valon mi ha colpito allo stomaco.»

«Non capisco.»

«Come insegna mio nonno: se vuoi ferire colpisci allo stomaco, se vuoi uccidere colpisci al cuore.»

«Be', comunque te la sei vista brutta.»

«Vero, ma tu eri lì con me. E per questo mi sentivo al sicuro.»

Aurora lo abbraccia stretto. Il ricordo di quella notte lontana le mette ancora i brividi.

Un airone blu appollaiato al suolo a una ventina di metri spiega le sue ali e si solleva da terra, salutato dalle cime degli alberi che ondeggiano al vento del crepuscolo. Il toor-toor sorvola la prateria erbosa, le acacie e i baobab. Aurora contempla quel meraviglioso animale librarsi nel cielo e andare incontro al sole.

«La prima volta che l'ho visto ho provato... qualcosa» dice Ibra.

«Che cosa?»

«Sono anni che cerco di trovare le parole per descrivere quel qualcosa. Proprio per questo al mio ritorno in Italia ho incominciato a leggere come un pazzo. Ogni libro mi aiutava a capire un po' meglio quello che avevo provato. Ho letto romanzi, saggi, trattati e ciascun libro aggiungeva una tessera al mosaico. Ma più leggevo, più capivo che quel qualcosa non era semplice da definire, così il mio bisogno di leggere anziché diminuire, aumentava. Ogni libro faceva luce su un punto oscuro, ma allo tesso tempo apriva nuovi interrogativi. Insomma, più leggevo, più la faccenda mi appariva complessa.»

«E a che punto sei adesso?»

«A dire il vero, a un punto morto, temo.»

«Quindi è stato tutto inutile? Tutti quei libri, il tempo speso a leggere. Non è servito a niente?»

«Forse tu mi potresti aiutare.»

«Io? E come?»

«Guarda l'airone. Le sue piume illuminate dalla luce del sole a cosa ti fanno pensare?»

«All'amore» risponde Aurora senza esitare. «Per me l'amore è leggero come un battito d'ali.»

L'airone punta oltre il limite dell'orizzonte. Aurora e Ibra lo seguono con lo sguardo.

«Ecco una nuova prospettiva che non avevo considerato!» esclama Ibra. «Prendi noi due in questo momento: poggiamo i piedi a terra, ma abbiamo lo sguardo proiettato verso il cielo. Ogni uomo nasce e muore, dunque il tempo è il suo limite, eppure è l'unica risorsa che ha a disposizione per comprendere il mondo. L'uomo è un essere finito, ma il suo sguardo cerca sempre qualcosa al di là degli ostacoli che incontra, quali che siano… forse perché ogni uomo ha dentro di sé una particella di infinito.»

Aurora si guarda attorno, osserva Ibra, gli alberi, quello scorcio di cielo che ha davanti e chiede: «Cos'è per te l'infinito?».

«È qualcosa che contiene tutto: ciò che c'è, ciò che c'è stato e ciò che ci sarà. Conosci la poesia *L'infinito* di Leopardi?»

«L'ho studiata alle medie.»

«Per Leopardi possiamo cogliere l'infinito se impariamo a vedere non solo ciò che è visibile, ma anche ciò che è invisibile. E mentre tentiamo di catturare l'infinito, per aiutarci in questa impresa così difficile può capitare che l'infinito stesso ci venga incontro.»

«Come ha fatto l'airone blu?»

«In parte.»

«E cos'altro ti ha aiutato?»

«È buffo che tu me lo chieda. Tu mi hai aiutato.»

«Io? E come?»

«Mi hai appena insegnato che il mistero dell'infinito è racchiuso nell'amore.»

Aurora sente che Ibra ha ragione e capisce che quell'airone ci sarà per sempre.

«La vita dunque è una storia d'amore» conclude Aurora.

«Una storia di amore e di rabbia» dice Ibra stringendola forte a sé.

Comunque sia, un mese fa Antonietti ha organizzato un altro provino.

Stavolta Ibra lo ha fatto.

Ed è stato preso.

Nota dell'Autore

I libri sono una metafora della vita. Che cos'è la vita, se non un incrocio di storie? Io porto la mia dove altri portano le loro e così tutti insieme, come i fili in un telaio, diamo un senso al nostro stare. La vita è proprio quel senso. Non c'è vita se non c'è condivisione e non appena lo capiamo, la prima cosa che dobbiamo imparare è la gratitudine. Perché senza gli altri non siamo nessuno. Tutti, nessuno escluso. Ciascuno di noi ha bisogno degli altri per dare un senso a tutta la fazenda. Chi lo nega non ha capito niente. Povero lui. O lei. Perciò eccomi qui a ringraziare le persone che incrociano la loro vita con la mia dandole un significato. Sicuramente ometterò qualcuno e me ne scuso in anticipo. Siete comunque nel mio cuoricino e voi lo sapete.

Ringrazio per prime Isabella e Deborah, perché non è facile vivere con uno come me. Quando scrivo, ho voi nel cuore. I miei genitori, mio fratello, le mie sorelle e congiunti. Siete in ogni riga e in ogni spazio. Mia suocera. Checché si dica delle suocere, voglio bene anche a te.

Le mie agenti Anna Mioni e Isabella Arrigoni che rendono l'impossibile possibile.

Beatrice Fini per aver creduto in me. Sono davvero lusingato per aver avuto il privilegio di scrivere in questa collana prestigiosa, dove ci sono solo autori mega wow. Sappi che in giro flexo tantissimo di scrivere per Giunti Arya. Manuela La Ferla. Da te imparo sempre moltissimo e questa per me è la cosa più importante. Che dire? Tanta roba. Flexo tantissimo anche te come editor. Le corsiste del suo seminario alla Scuola Fenysia, per l'analisi critica e competente che hanno svolto del mio manoscritto. Daniela Adorno ed Elena Orsini di Giunti che sono sempre disponibilissime ed efficientissime.

Flavio Santi, poeta e scrittore impareggiabile, amico carissimo, la cui stima è per me motivo di gioia e orgoglio. Fuarce Udin, Flaviuti! Piervincenzo Di Terlizzi, a cui circa tre lustri fa feci leggere il mio primo manoscritto. Mi incoraggiò a darci dentro. Ed eccoci qui. Sergio Bolzonello. Con tutte le cose che ha da fare, trova sempre il tempo per chiamarmi e per manifestarmi la sua stima, che è reciproca. Il mio amico Giuliano il camionista. È forte come un toro e ai tempi del judo ci siamo picchiati come fabbri. Dopo aver letto i miei libri mi ha sempre scritto messaggi bellissimi. Anche i camionisti hanno un cuore, dunque. Dobbiamo organizzare quella cena assieme ad Alfonso lo sbirro. Abbiamo rimandato per troppo tempo. Alfonso lo sbirro. Da ragazzi suonavamo in una band, poi niente per un sacco di tempo e poi ci siamo ritrovati. È bello scoprire che l'amicizia è lì che aspetta paziente che tu ti accorga che non è finita. Carlo l'informatico. Anche con te sarebbe ora di organizzare quella cena con il Talpa. Il Talpa. Il Talpa è il Talpa. Suonavamo in un'altra band un genere che avevamo definito samba-metal. Lui è matto come un cavallo e saggio come Diogene. Spero che suo padre lo abbia perdonato per quel soprammobile di cristallo distrutto trentasei anni fa durante una battaglia con i cuscini nel suo salotto. Che comunque non credo abbia distrutto il Talpa. E nemmeno io, per intenderci. C'era anche altra gente. Solo che non abbiamo mai scoperto il colpevole perché la battaglia si svolgeva a occhi bendati. Emanuele

D'Antonio. La nostra amicizia risale ai tempi delle medie. Adesso, tra le tante cose, è uno dei massimi esperti mondiali di Cesare Lombroso. Hai un cranio meraviglioso, Emanuele. Solo tu sai come si porta il berretto. Paolo Bosisio e Maria Rosa Petolicchio. Grazie al Collegio ci siamo incontrati e abbiamo stretto una bellissima amicizia. Tutte le mie colleghe e i miei colleghi storici di scuola, ma proprio tutte e tutti. In particolare (in ordine sparso) Andrea, Angela, Zorislav, Elena, Maria, Alessandra, Emanuel, Vilma, Giusi, Gianni, Alberto, Sandra, Eleonora, Martina, Lucia, Attilde, Maria Pia, Maria Teresa ed Ermanno tuttofare. Ogni giorno feriale (e talvolta non solo feriale!) ci stringiam a coorte per combattere l'unica guerra giusta: quella dell'istruzione contro la distruzione. Mi sento davvero fortunato a lavorare con voi. I miei studenti, che danno un senso al mio lavoro. I loro genitori, per la loro presenza e la loro tenacia. Coraggio! Insieme ce la faremo! La marea di follower che mi seguono sui social. Vi ringrazio per farmi compagnia ogni giorno. Spero tanto che questo libro vi piaccia. I fan del Collegio. Mi raccomando: STUDIATE! Laura della libreria Giunti al Punto di Pordenone, a cui mi sono ispirato per il personaggio/comparsa di Cristina. Non le assomiglia per niente, ma nell'anima sì. Spero apprezzerai. Le libraie e i librai che ho conosciuto finora e che ogni giorno fanno un lavoro fantastico. Direi rivoluzionario. Tutte le volte che qualcuno vi chiederà: "Mio figlio non fa altro che giocare ai videogame. Non è che mi potrebbe consigliare un libro che lo invogli a leggere?", da adesso in poi spero risponderete: "Provi con *Storia di amore e di rabbia* del bravissimo Andrea Maggi". Adesso scusate: come avete letto, ho diverse cene a cui partecipare.

A tutti grazie di cuore. Vi voglio bene!

ARYA GIUNTI

Simona Baldelli

La neve finché cade

Lisa ha 15 anni e mille incertezze, ma ha anche un obiettivo: battersi per la difesa dell'ambiente, che condivide con Inés e Colm O'Keeffe. Ma a un tratto, mentre fuori nevica e il paesaggio attorno a loro è un incanto, tutto sembra precipitare quando avvengono delle strane "sparizioni". | **192 pp.**

Laura Bonaiuti

Non c'è posto per me

A Lako, città del futuro, tutti hanno tutto ancora prima di chiedersi se ne hanno bisogno. Grace, Lumi, Michael, Zac, Marissa sono adolescenti alla ricerca di qualcosa che dia loro un senso: è una generazione ingabbiata in un eterno presente. Ma qualcosa si muove, il Freedom is a State of Mind è un nuovo Partito che si ribella al consumismo in cui sono cresciuti. | **224 pp.**

Antonella Cilento

Non leggerai

In tutti i Mondi Occidentali la lettura non interessa più: scomparsi editori e giornali, un Decalogo governativo vieta la letteratura. Help e Farenàit, un giorno, scoprono una cassa piena di romanzi. Con passione crescente iniziano a leggere in segreto, peccato che una gang di giovanissimi camorristi le scopra… | **208 pp.**

Giuseppe Culicchia

È successo anche a me

Un padre e una figlia di 16 anni che, dopo una delusione d'amore, ha detto di voler farla finita. In un anonimo Pronto Soccorso, il padre inizia a raccontarle del suo amore giovanile per un'insegnante che lo aveva rifiutato. Padre e figlia si scoprono uguali e come tali più vicini. | **156 pp.**

Daniela Dawan

Giochi di ombre

Questa è la storia di quattro amici liceali e della zia di uno di loro. È proprio a casa sua, nel centro di Milano, che i quattro scopriranno una botola segreta che li condurrà nei sotterranei di un antico monastero benedettino. In quelle tenebre i quattro ragazzi riusciranno a rivelarsi l'un l'altro, come mai prima di allora... | **204 pp.**

Paolo di Paolo

I desideri fanno rumore

Caterina ha vissuto la Grande Interruzione come una tempesta domestica. Una sera, dopo un blackout, si sente stranissima. E non ci mette molto ad accorgersi che sente i desideri degli altri, senza che siano espressi. E quando cominciano ad arrivarle misteriosi messaggi firmati _sconosciut*, la sua vita diventa un film impazzito. | **128 pp.**

Paolo di Stefano

Il ragazzo di Telbana

Tawfik ha 16 anni quando parte da Telbana, una cittadina a Nord del Cairo, in fuga dalla povertà e da suo padre, un severo sacerdote-contadino. Vagabondo per le strade di Milano, lavorerà e studierà fino a svenire sui banchi di scuola, ma non smetterà mai di credere nei propri sogni. | **208 pp.**

Emiliano Gucci

Con tutto il bene che posso

Daniele e suo padre Enzo in apparenza quasi non si conoscono, il rapporto tra loro è stato a lungo mediato da Franca, mamma e moglie, che ora però ha deciso di andarsene e restare lontano fin quando le cose non cambieranno. È così che i due dovranno imparare a convivere, parlarsi, scovare i peggiori errori dal proprio passato. | **180 pp.**

Andrea Maggi

Conta sul tuo cuore

Tutto ha inizio a lezione, quando un bigliettino intercettato dal professore di Lettere scatena un dibattito, da cui emerge che nessuno dei ragazzi sa chi è veramente, né si è mai posto il problema di interrogarsi al riguardo. Così il prof tenterà di spiegare loro l'esortazione di Socrate, Conosci te stesso, ma in un modo del tutto originale… | 216 pp.

A. Perissinotto e F.F. Bragoni

Ghosting

Khaled è il ragazzo tunisino di cui Michela è innamorata: una storia d'amore forte della magia che all'inizio circonda tutte le storie. Però, un giorno, Khaled sparisce. Michela non può impedirsi di pensare che lui abbia fatto ghosting, una parola nuova che indica il rendersi invisibili come fantasmi: niente social e zero telefonate. | 240 pp.

Sandra Petrignani

La persona giusta

Tra India e Michel scoppia l'amore, insperato, atteso: sono diversi come l'acqua e il fuoco. Hanno famiglie lontanissime l'una dall'altra e amici che contano molto nella loro vita. La quotidianità scorre fra esami e passione, fra scontri e riconciliazioni e tante canzoni, in una Roma estiva. Poi accade l'imprevedibile. | 176 pp.

Roberto Tiraboschi

Nibelli zontro

Lei è Rossa, 15 anni, tette enormi, strafottente, non sta mai zitta. Lui è Maffeo, dislessico, senza padre, mago dei videogiochi. Frequentano la stessa classe e non si sopportano. Il loro professore di italiano, un tipo ambiguo, vecchia maniera, obbliga Rossa ad aiutare Maffeo con i compiti. Comincia così una convivenza forzata. | 208 pp.